L'éventail des loisirs offerts à la jeunesse ne cesse de s'élargir. Dans une gamme très vaste d'activités récréatives et culturelles, la lecture constitue un acte vraiment personnel, susceptible de favoriser l'imagination et la réflexion.

TRAVELLING est une collection de romans qui s'adresse aux jeunes. Elle répond à l'exigence qu'ils expriment : mieux se comprendre et comprendre le monde.
Les ouvrages qu'elle propose allient à l'authenticité des situations un style direct et original.

Cernant de près les réalités de notre temps, TRAVELLING met fin à un genre littéraire édulcoré qui ne satisfait plus les jeunes d'aujourd'hui.

DANS LA MÊME COLLECTION :

1. H. PIROTTE : *L'enfer des orchidées.*
2. F. DE CESCO : *Le désert bleu.*
3. R. REGGIANI : *La véritable mort du sorcier Vincenzo.*
4. J. LINGARD : *Au-delà des barricades.*
5. I. MASSON : *L'oiseau d'argent.*
6. J.-P. RAEMDONCK : *À l'Étoile de Mer.*
7. Ch. DELSTANCHES et H. VIERSET : *Tu n'es pas mort à Stalingrad.*
8. C. CRANE : *La fugue de Diane.*
9. M. ARGILLI : *Ciao, Andrea.*
10. J. HELD : *La part du vent.*
11. L. SETTI : *Dernier mois d'école.*
12. L.-N. LAVOLLE : *Le feu des mages.*
13. M.-A. BAUDOUY : *Un passage difficile.*
14. L.-N. LAVOLLE : *Le paria.*
15. F. BASTIA : *Le cri du hibou.*
16. B. BAROKAS : *La révolte d'Ayachi.*
17. F. BASTIA : *L'herbe naïve*.*
18. W. FÄHRMANN : *Quand le vent se lève...*
19. F. BASTIA : *Vingt jours-quarante jours**.*
20-21. F. DE CESCO : *La route de Lhassa.*
22. J.-M. FONTENEAU : *Un petit garçon pas sage.*
23. I. BAYER : *Les quatre libertés d'Anna B.*
24. R.-N. PECK : *Vie et mort d'un cochon.*
25. W. CAMUS : *Les deux mondes.*
26. W. CAMUS : *Les ferrailleurs.*
27. B. BAROKAS : *Les tilleuls verts de la promenade.*
28. MARINOU : *Le cabri du Supramonte.*
29. O. F. LANG : *Mes campesinos.*
30. G. GRAHAM : *La guerre des innocents.*
31. J. DONOVAN : *Fred et moi.*
32. M.-A. BAUDOUY : *Vivre à Plaisance.*
33. L.-N. LAVOLLE : *Le village des enfants perdus.*
34. Gine VICTOR : *La chaîne.*
35. P. PELOT - W. CAMUS - J. COUÉ : *Le canard à trois pattes.*
36. F. HOLMAN : *Le Robinson du métro.*
37. Gil LACQ : *Chantal et les autres.*
38. J. DONOVAN : *La dernière expérience.*
39. B. BAROKAS : *Le plus bel âge de la vie.*
40. M. FÉRAUD : *Anne ici, Sélima là-bas.*
41. M.-A. BAUDOUY : *Le garçon du bord de l'eau.*
42. H. MONTARDRE : *La quête aux coquelicots.*
43. L. LOWRY : *Un été pour mourir.*
44. J. CERVON : *La marmite des cannibales.*
45. A. CLAIR : *L'amour d'Aïssatou.*
46. I. KORSCHUNOW : *Christophe.*
47. M.-A. BAUDOUY : *Sylvie de Plaisance.*
48. L. FILLOL : *Chemins...*

49. M. ARGILLI : *Sous le même ciel.*
50-51. L. LOWRY : *La longue quête de Nathalie.*
52. M. FÉRAUD : *Les plumes de l'ange.*
53. M.-C. SANDRIN : *Salut Baby !*
54. J. CERVON : *Le dernier mirage.*
55. R. PECK : *Les intrus de Parc Paradis.*
56. P. CORAN : *La mémoire blanche.*
57. J. BOIREAU : *Petite chronique d'avant l'été.*
58. F. BASTIA : *La Traille.*
59. R. F. BRANCATO : *Au micro Dan Forsythe.*
60. H. PIROTTE : *Le cargo des Papous.*
61. F. HOLMAN : *L'assassin d'Ashlymine.*
62. Y. LOISEAU : *L'odyssée de Sandrine.*
63. J.-P. NOZIÈRE : *Tu vaux mieux que mon frère.*
64. P. CORAN : *La peau de l'autre.*
65. C. RAUCY : *Cocomero.*

Pierre Coran

La peau de l'autre

Duculot

(Imprimé en Belgique sur les presses Duculot.)

D. 1983.0035.07
Dépôt légal : février 1983

ISBN 2-8011-0427-2
ISSN 0379-6949

Couverture :
Illustration : Carl Norac
Conception : Luk Mestdagh

I

Elle avait quinze ans et une mobylette rouge.
On l'a retrouvée dans un fossé. Nue.
Recroquevillée. Les yeux fixes.
Elle s'appelait Céline. C'était ma fille.

1

Ils sont venus à la maison. En civil. Vers dix-huit heures. C'était l'été. C'était aussi dimanche.

La maison tiède sentait la confiture fraîchement mise en pots.

Le plus grand a dit :

— Nous venons pour votre fille.

Ma femme a compris tout de suite.

Elle a hurlé :

— Un accident ?

Le plus grand a répondu :

— Oui, en quelque sorte.

Il avait une cicatrice bleuâtre sous un œil et le front moite.

Ma femme a insisté :

— Elle est à l'hôpital ?

Le plus grand a dit :

— Non, c'était inutile.

Ma femme a répété :

— C'était...

Alors, elle est devenue blanche et raide. Elle s'est affaissée.

Au ralenti.

J'ai demandé, bêtement :

— Une voiture ?

Le plus grand a murmuré :

— Non... Quelqu'un.

— Qui ?

Il est devenu blanc. Sa cicatrice m'a semblé plus bleue. Le front m'est apparu plus luisant, plus gras. Une vitre sale.

La bouche a dit :

— On le saura bientôt.

L'autre a éternué. Il a marmotté un « pardon » ridicule.

Il y avait là ces deux hommes : le grand, le plus petit, ma femme affalée sur la moquette, les pots de confiture, le chien et moi. Des guêpes.

Ils ont étendu Laure sur le divan et parlé dans le téléphone. Le maire est entré. Sans doute avait-il frappé à la porte ? Il s'est avancé vers moi, livide.

Les deux autres ont ébauché un salut machinal. Le maire m'a annoncé, solennel :

— Monsieur Jaujac, ne bougez pas. Je m'occupe de tout.

J'ai retrouvé sa main dans la mienne. Avec ce malaise indistinct qu'on éprouve en enfilant le gant d'un autre. Le chien s'est mis à tourner autour des jambes du maire. Socrate avait envie de mordre. Et je lui ressemblais.

Une ambulance est arrivée. Presque tout de suite. Sans sirène. Puis elle est repartie avec Laure. Et cette fois, elle a hululé. De mon ventre, dans mes bras, mes mains, mes jambes, sous mon crâne, une chaleur montait, malsaine, qui devenait feu au niveau des yeux.

Le plus grand a déclaré :

— Nous aurons besoin de vous pour la reconnaître.

Le petit a enfin ouvert la bouche :

— Demain, à dix heures.

Puis il a griffonné quelque chose sur un papier.

Il y avait des faces agglutinées aux fenêtres. Des éclats de voix. Le ululement. En écho dans mes oreilles. Les guêpes. L'odeur des confitures.

Le maire est sorti. Il a demandé le silence. Puis il est rentré. Le temps de répéter : « Je m'occupe de tout. » Et il est ressorti. Sous les flashes. Déjà.

Le plus petit m'a tendu le papier.

C'est la première fois que je lisais l'adresse d'une morgue.

Il a fallu fermer les volets et les portes. La rue est plus calme. La nuit approche. Il germe en moi une semence chaude de violence.

— Allô ? Olivier ?

— Ah ! C'est toi ?

— Tu sais ?

— Oui. Le journal m'a confié l'affaire.

— Ah !

— Le patron te verra demain. Serre les poings, vieux. Le salaud ne courra pas longtemps.

J'ai raccroché. Le monde se renversait. J'étais celui qui téléphonait et plus celui à qui on annonçait : « Il s'est passé ceci, quelque part. Il faut que tu y coures. Le photographe est sur place. »

Olivier couvrait l'affaire. La mort de Céline n'était déjà plus qu'une affaire. L'affaire des autres.

On sonne. Je me tais.

Une voix : « C'est moi, Florence. »

J'ai entrebâillé la porte. Un flash a jailli de l'ombre.

Florence est là, pâle, les lèvres tremblantes. Céline l'aimait beaucoup.

— Maman vous a préparé un repas chaud. Elle a dit qu'elle irait voir Madame, à l'hôpital, demain.

Elle m'a tendu une casserole chaude entourée d'un essuie-mains à carreaux.

— Merci.

Florence est sortie. Par la cour.

J'ai honte d'avoir faim.

Le téléphone sonne. La sonnette de la porte tinte. Presque sans arrêt. Je ne réponds pas. Ils veulent savoir. Je ne sais rien. Une certitude : le « c'était inutile ». Et ça suffit à ma douleur. Je ne bouge pas. Et pourtant, je suis en chute libre. Je tombe. Sans voir le sol. Aveuglé par des mots : « on vient pour votre fille... un accident ? non, quelqu'un... qui ? »

Qui ?

J'ai lavé la casserole, replié l'essuie-mains à carreaux. Décroché le téléphone, enlevé la pile de la sonnette d'entrée. La nuit. Le silence. À cette heure, Laure doit dormir. Parce que d'autres l'auront voulu. J'irai la voir demain. Après avoir revu Céline. Sur ordre.

Céline appartient maintenant aux autres à cause d'un autre. D'un autre qui vit. Quelque part. Un tueur a-t-il sommeil ?

Il pleut.

2

L'homme portait une casquette noire. Il l'a ôtée quand je suis entré dans la salle des coffres. Les autres se sont tus.

Une voix a soufflé un numéro. Le 18.

L'homme a posé sa casquette noire par terre. Et il a tiré des deux mains sur la poignée du coffre 18.

J'ai fermé les paupières.

Le tiroir a grincé. Un court instant.

J'ai dit :

— C'est elle.

Sans ouvrir les yeux.

Il y eut un autre bruit de métal. J'ai attendu le choc final contre la paroi du fond avant d'écarter les paupières.

Mon regard a rencontré celui de l'homme à la casquette noire. L'homme a battu des cils. Une fois. Pas deux.

Ce battement de cils dans une pièce froide a dégrillagé mon cœur. Et je me suis senti trop calme. Comme libéré soudain d'une étreinte latente. Et, presque aussitôt, Céline m'a occupé l'esprit. Elle avait quitté la maison vers seize heures. Je rédigeais un papier sur Béjart. La mobylette n'avait pas voulu démarrer. Céline tempêtait. Elle allait louper Vincent à la sortie de la gare. Et Vincent s'en irait avec Isabelle. Cette chipie d'Isabelle, bottée, casquée, qui roulait à moto comme un garçon. J'avais délaissé « La Flûte enchantée » de Béjart-Mozart pour frotter le bec d'une bougie avec du papier de verre. La mobylette avait enfin pétaradé. Céline m'avait lancé : « Toi au moins, t'es chouette ! » Et elle s'était envolée. Non sans avoir crié : « Ciao, Mammy ! » à Laure qui dénoyautait des prunes.

Une main m'a touché un bras.

J'ai dit machinalement : « On y va. » Je garderai de ma fille cette image de vie. Le 18 n'était qu'un tiroir. L'autre ne m'avait pas tout pris. Il me restait une image, belle. blonde, jeune. Et une voix, des mots : « T'es chouette... Ciao, Mammy ! ». Désormais, Céline m'habitait.

— Monsieur ?

— Oui.

Il a fallu faire demi-tour, suivre ces gens routiniers, opacifiés. Polis.

L'homme à la casquette noire se tenait à l'écart. Je lui ai tendu la main. Pour sa connivence. Parce qu'il s'était fait complice de mes yeux clos. Et de ma douleur.

Une rue soudain chaude. Le soleil. La lumière. Les gens. Un bruit de moteur. Une portière qui s'ouvre. Un siège. Une vitre. Et derrière, une foule qui marche. Une odeur de tabac. Un appareil émetteur qui grésille. Des feux. Des gens. Des feux. Un tunnel. Des autos. Deux têtes. Deux nuques.

J'ai dit : « J'ai soif. »

La nuque de droite a pivoté. Une bouche a libéré un flot de fumée. L'œil dans un demi-visage a paru ahuri.

La bouche a répondu, neutre :

— Il y a un bar à la P.J.

J'ai dit :

— Je préfère boire seul.

Ils ont rangé l'auto. En double file.

La nuque de gauche a bougonné :

— On vous attend.

La rue m'a paru vide, tout à coup sans son, pétrifiée. J'ai poussé la porte d'un bistrot.

Une femme accoudée sur le zinc mordait dans un œuf. Elle m'a regardé. De bas en haut. Puis elle a séparé le jaune du blanc cuit dur, agité la salière. Et m'a redévisagé.

Le patron juché sur un tabouret décrochait un diplôme mis sous verre. Il chassa d'un souffle la poussière de la vitre.

— Jeanne, occupe-toi de Monsieur, veux-tu ?

— Un café.

Jeanne m'a souri ; elle a fourré le jaune d'œuf dans sa bouche et actionné le levier du percolateur.

— Café noir ou café au lait ?

— Noir.

Le patron a rangé le tabouret. Il a parlé du temps, de l'orage annoncé, des retours de vacances. Puis il a mis ses lunettes et sorti un journal du comptoir.

Il a lu, à haute voix :

— L'Affaire Jaujac !... Puis il s'est tu.

Jeanne a retapoté un œuf sur le zinc et ajouté :

— Sale affaire !

Des clients sont entrés. Le patron a replié son journal. Et le bistrot est retombé dans l'indifférence.

Ils m'ont suivi dans l'ascenseur, précédé au guichet du premier étage. Puis ils m'ont laissé au 6e dans un bureau qui sent l'encaustique.

Je suis au siège de la 3e section de recherches criminelles. Seul. Sur une chaise de bois peint. Devant un bureau où tout respire l'ordre.

Je m'y sens mal à l'aise. Suspect. J'ai envie de bouger, de hurler n'importe quoi dans le parlophone.

— Bonjour !

Il est entré, souriant, pressé, affable.

— Restez assis, monsieur Jaujac.

Il a dit son nom. Puis il a ouvert une boîte mauve.

— Cigarette ?

J'ai dit, très vite : « Non, merci. »

Et ces deux mots, dans leur banalité, m'ont soudain soulagé. Il a consulté un agenda, appuyé sur une touche du parlophone et appelé : « Hélène ? »

Un peu après, une femme est entrée avec une machine à écrire portative. Elle a dit bonjour, m'a souri et s'est installée dans un coin.

— Un café ?

— Non. Merci.

Le commissaire est alors devenu une bouche à questions, Hélène une pluie de doigts sur le clavier. Et moi, un répondeur automatique. Laconique, obligé.

— Nom, prénom de votre fille ?

— Date de naissance ?

— Adresse ?

Je réponds.

— Votre profession ?

— Journaliste.

Le commissaire a fait : « Ah ! » Puis il a repris, sans lever la tête :

— Quand avez-vous vu Céline pour la dernière fois ?

Je réponds.

— À quelle heure a-t-elle quitté votre domicile ?

— À seize heures.

— À seize heures juste ?

Je confirme. D'un signe de tête.

— Où se rendait-elle ?

— À la gare. Pour y rencontrer un ami.

— Son nom ?

— Un certain Vincent.

Hélène tape, tape, tape.

— Avez-vous des ennemis connus ?

Je réponds non. Sans réfléchir.

— Des soupçons ?

Je me tais.

— N'avez-vous pas remarqué un inconnu, une sorte de rôdeur près de la maison ?

— Non.

Hélène a changé de feuillet.

— Où Céline a-t-elle été tuée ?

Ma question a surpris le commissaire. Il s'est frotté les mains. Lentement. Comme s'il les lavait avec un savon invisible. Puis il m'a demandé, tout en ayant l'air de songer à autre chose :

— Vous n'avez pas lu... votre journal ?

— Non.

L'homme s'est plissé le front. Il m'a regardé droit dans les yeux, puis il a répondu :

— Ça s'est passé à la Brèche-aux-Loups, près du pont de la Dôle.

— Comment ?

— Avec un couteau.

— Violée ?

— On le saura ce soir.

Hélène s'est mouchée. Elle est restée, un bref instant, le nez dans son mouchoir.

Le commissaire a répété :

— Café ?

J'ai fait oui avec la tête. Et Hélène est sortie. Comme soulagée.

J'ai quitté la P.J. par l'arrière-cour. Sur le conseil du commissaire. Pour éviter les confrères, leurs flashes. Leurs micros. Leurs questions.

Ma Dyane est chez le garagiste. Depuis ce matin. Quelqu'un en a percé les quatre pneus. La nuit dernière. Avec un couteau. L'hôpital est assez proche du commissariat. Je marche. Il bruine. Une anxiété floue m'incommode. Je dérive. Me hâte. J'essaie de moins penser. Je ralentis ma marche. M'arrête. Repars. Je comprends : j'ai peur de revoir Laure.

3

Je n'étais entré qu'une seule fois dans cet hôpital.

Quinze ans plus tôt. Avec des fleurs et un cœur de père. J'étais en reportage à l'île de Ré. En sortant du bac, j'ai aperçu Olivier. Il me faisait de grands signes et criait :

— C'est une fille.

Il m'a serré dans ses bras et claironné : « On va fêter ça, tout de suite. Au pineau ! »

On a bu. Du bistrot, j'ai téléphoné à Laure.

Elle a dit, simplement, d'une voix gaie :

— Céline est belle. Elle t'attend.

Olivier qui enquêtait à La Rochelle m'avait, toutes affaires cessantes, ramené dans le Nord. Et j'avais couru vers ce bâtiment blanc et haut, plein de fenêtres et d'autos parquées, d'uniformes, de bas de jambe, de boutons d'ascenseurs, de couloirs encombrés de pots de fleurs en exil de nuit.

— Monsieur ?

Un guichet. Un portier.

— La chambre de Laure Jaujac.

— Ah oui !... Euh !

— Quoi ?

— Qui êtes-vous ?

— Son mari. Pourquoi ?

— À cause des journalistes. Ils sont venus tantôt à deux : un homme et une femme. Ils se sont fait passer pour de la famille et...
— Chambre ?
— La 315 au 3e.

Le 3e. Aucun nom sur la porte de la chambre. Juste le numéro.
— Madame dort. Tout va bien.
Laure est seule. Étendue sur un lit à roulettes surmonté d'une poulie. Yeux clos. Le souffle court. L'arcade sourcilière droite enflée, noirâtre. Agressive dans la pâleur.
— Madame a besoin de sommeil. Elle est encore faible. En principe, les visites sont interdites.
J'ai demandé :
— Elle m'a réclamé ?
L'infirmière a hésité. Puis elle a répondu très vite :
— Vous ?... Pas encore.

Quand je suis sorti, il pleuvait à verse. J'ai emprunté un des parapluies qui gouttaient sur un paillasson de jute.
Une voix a crié :
— Monsieur ? Monsieur ?
J'ai cru que c'était pour le parapluie.
Mais la voix a dit encore :
— Vous avez oublié l'acompte.
Un taxi libre. Enfin.
L'homme est roux. Il se gratte les cheveux.

Enclenche le compteur. Maudit la buée du parebrise. Me distrait.

Je ruisselle, chiffonné, percé, informe. Le vent est devenu bourrasque. Le parapluie, réceptacle.

— Sale temps !

— Sale temps !

J'ai donné l'adresse.

Le roux a dit, en se regrattant la chevelure :

— C'est pas tout près.

Le taxi a démarré, lentement. Dans la rue, des gens se croisaient comme tractés par une force invisible.

— Musique ?

Je n'ai pas répondu. L'autre ne s'est pas retourné, mais le tableau de bord s'est allumé. Le taxi est devenu boîte à disco. C'était la musique de Céline. Ma fille s'enfermait dans sa chambre et, bientôt, les murs se changeaient en batterie, guitares et cuivres. Du palier, on entendait parfois des pas en rythme. Céline dansait. Elle. Belle. Jeune. Gaie.

J'allais écrire mes articles dans le jardin. Laure venait parfois m'y rejoindre. Laure. Forte. Belle. Encore jeune hier. Et aujourd'hui si frêle, rompue. Par la faute d'une ombre et d'un couteau.

Je ne dormirai pas cette nuit. Le soir est tombé plus tôt. À cause de l'orage. Un croque-mort s'est présenté tantôt de la part du maire. Il a fallu commander un cercueil. Dans un catalogue en couleurs. D'après photos. Avec, au choix, un Christ banal ou tout en dorures. Avec des clous comme ci, des poignées comme ça. Ce bois-ci ? Ou ce bois-là ?

L'entreprise m'a proposé un prix, faire-part compris.

En partant, le croque-mort a dit :

— On sera là mercredi vers huit heures. Ça vous va ?

J'ai vaguement haussé les épaules. Il a haussé les siennes. Et il a refermé la porte.

J'ai alors téléphoné à Ève, la sœur de Laure. Sa seule famille. Ève est comédienne à Paris. C'est une excentrique, jolie, intelligente, généreuse. Laure l'adore.

Ève ignorait tout. Sa voix s'est brisée, un court instant.

Puis, après un silence, elle a dit :

— J'annule. Je serai là demain.

Le patron s'est déplacé pour me rencontrer. J'étais absent. Il a chargé Olivier de me faire savoir que, vu les circonstances, un congé indéterminé m'était accordé.

Olivier a ajouté : « Tu as lu ? ». J'ai répondu : « Pas encore. »

Olivier a bougonné : « C'est mieux ainsi, vieux. » Et il a raccroché.

Florence est revenue à la maison avec une autre casserole chaude dans un essuie-mains à carreaux. Elle a expliqué :

— Maman est allée à l'hôpital pour voir Madame. Mais elle n'a pas pu l'approcher. À cause des photographes. »

Elle a sorti un mouchoir de son jeans ; elle l'a torturé un moment entre les doigts, puis elle a demandé :

— Céline revient quand ?

J'ai répondu :

— Je ne sais pas au juste. Mais au plus tard, mercredi matin.

— Maman demande aussi s'il faut préparer des petits pains et du café pour après l'enterrement.

J'ai embrassé Florence sur le front, puis j'ai fait non avec la tête. Avant de partir, Florence a ajouté :

— Je voudrais un disque de Céline. Un 33 cm d'Elton John ou de Simon and Garfunkel... Ou de Robert Palmer. Comme souvenir.

Florence a disparu. Par la cour.

Presque tout de suite, le téléphone a sonné.

— Jaujac ?

— Oui.

Il y eut un long rire dans l'écouteur.

— C'est moi qui ai sauté ta fille. Et elle aimait ça, la garce !

Le long rire reprit, entrecoupé de halètements et de propos grossiers.

Je raccrochai, puis laissai pendre l'écouteur.

J'aurais peut-être dû crier, insulter cette voix venue d'ailleurs. Mais aucun son ne serait sorti de ma gorge.

J'étais là, hébété. Et pourtant, je savais. Au hasard des enquêtes menées pour le journal, des gens m'avaient révélé que la douleur des autres excitait des fous en liberté et que, très souvent, ceux-ci se manifestaient par lettre ou par fil. Mais jusqu'alors, c'était l'affaire des autres.

Je notais. Je relatais. Rien de plus.

Depuis plus d'une heure, j'essaie de me raisonner. Mais la voix me reste dans la mémoire. Mes tempes toquent. Mes doigts tremblent. Pourquoi le fou a-t-il choisi cette nuit ? Et pas une autre ?

Peut-être a-t-il appris par la presse qu'à ce moment même, quelque part dans la ville, un médecin masqué aux mains caoutchoutées découpe le macchabée du 18. Ma fille.

Socrate dort.

Je vais recouvrir les pots de confiture.

4

Un bruit de moteur. Une auto. Elle ralentit, s'arrête. Une portière qui claque. On frappe.

Ève, arrivée tôt ce matin, court à la fenêtre.

— C'est un gendarme. Il tient des fleurs en main. C'est bien la première fois que je vois ça.

Elle sourit. Tristement.

— Bonjour, madame.

C'est Fernand. Nous avons le même âge. À l'école du village, nous occupions le même banc. On a grandi ensemble. Puis on s'est moins vus.

— Entre, Fernand.

Fernand a ôté son képi de gendarme. Il a gardé le visage basané du paysan. Il a une auréole blanche sur le front. À cause du képi.

— Bonjour, Philippe. Je viens pour les pneus crevés. Le garagiste est submergé. Une vraie épidémie. Enfin, on a coincé le perceur. Le fils d'un boucher du hameau. Seize ans. Il se servait d'un couteau à désosser... On l'interroge.

Fernand parlait sur un ton uniforme. Comme

s'il récitait une leçon bien apprise. En fait, il semblait mal à l'aise. Peut-être à cause des fleurs.

— J'étais là quand on a découvert Céline. Le bouquet était lié au guidon de la mobylette. L'engin est sous scellé pour les besoins de l'enquête... Mais j'ai pensé que les fleurs te feraient plaisir.

Je n'ai rien pu répondre. Des larmes me sont sorties des yeux. Il y eut un silence. Depuis dimanche, j'avais les paupières sèches. Et je ne m'en étais pas aperçu.

Ève a plongé les fleurs un peu fanées dans un pot.

— Je suppose que tu portes plainte ?

Fernand a sorti un carnet, puis il a ajouté très vite :

— Pour les pneus.

J'ai dit :

— Plus tard.

Fernand a refermé son carnet. Il a remis son képi. Et il a murmuré :

— Oui, je comprends ça.

Ève a servi du café noir et un calva. Nous avons bu sans plus rien nous dire. Puis Fernand s'est levé ; il a porté une main au képi, salué Ève. Il m'a serré la main. Fort. Et il est reparti dans un vrombissement de moteur.

Je n'ose pas sortir de la maison. Dehors, il y a des yeux partout. Un photographe a planté une tente dans le pré voisin. La mort de Céline m'a changé au regard des autres. Les curieux, les polis, les plaintifs, les plaideurs, les pleureuses vous scrutent, vous observent ou vous lorgnent avec l'espoir secret de vous surprendre en flagrant délit de douleur.

Demain, pourtant, il faudra paraître, marcher. Subir. Tenir.

Au journal, c'est la discrétion. Olivier a téléphoné que le congé accordé par le patron l'était avec solde. Il a dit aussi qu'une délégation de la maison assisterait aux funérailles.

Une voix de femme lui a soufflé : « Et Laure ? »

Olivier a répété : « Et Laure ? »

— Elle s'est alimentée un peu, ce matin. Mais il paraît qu'elle ne veut voir personne.

— À demain ?

— À demain.

Ève s'est rendue à l'hôpital. Avec la Dyane ramenée par un mécanicien. L'homme à la salopette a expliqué, gêné :

— On a placé des réchappés. Comme on n'avait plus en stock que trois Michelin, on a complété le train avec un Kléber. Quand l'auto viendra à l'entretien, on arrangera cela.

Tous ces petits problèmes m'indiffèrent.

Céline ne me sera pas rendue avant demain matin. C'est peut-être mieux ainsi.

Aujourd'hui, de très bonne heure, j'ai téléphoné au commissaire.

Un planton m'a dit : « Il vous rappellera. »

Il m'a rappelé. Je sais ce que je voulais savoir. Le rapport d'autopsie est formel : ma fille n'a pas été violée.

Ils étaient deux. Comme la première fois. Deux autres. Ils ont souhaité visiter la chambre de Céline.

Le plus âgé a dit :

— On cherche.

Je n'entrais que très rarement dans la chambre de ma fille.

Céline avait ses secrets. Cette pièce, c'était son monde. Laure s'y rendait plus souvent que moi. Parfois pour y mettre de l'ordre. De temps en temps pour se faire la complice d'un chagrin.

La porte. La tête d'Elvis punaisée dans le bois jaune. J'ai laissé entrer les deux autres. Ils se sont arrêtés au milieu de la chambre. Ils ont jeté un regard circulaire.

Le lit. Refait. Draps bleus. Sur les murs, des posters. Une guitare sans corde. Dans un coin, une Bécassine en tissu grandeur nature. Assise. La tête en arrière. Un ours en peluche. Sans oreille. Des disques. Des livres. Des cassettes. Un magnétophone à cassettes.

Le plus jeune a appuyé sur le play. Et une voix a empli la chambre. La voix de Céline.

« Sans cesse à mes côtés s'agite le Démon ;
Il nage autour de moi comme un air impalpable ;
Je l'avale et le sens qui brûle mon poumon
Et l'emplit d'un désir éternel et coupable.

L'amour, dans sa guérite,
Ténébreux, embusqué, bande son arc fatal.
Je connais les engins de son vieil arsenal :
Crime, horreur et folie ! »

Céline a toussé. Puis la voix a repris plus ferme et bientôt incantatoire :

« Je suis la plaie et le couteau !
Je suis le soufflet et la joue !
Je suis les membres et la roue,
Et la victime et le bourreau ! »

La voix s'est tue. Le plus âgé a appuyé sur le stop et grogné, soupçonneux :

— Qu'est-ce que vous dites de ça ?

— Baudelaire, « Les Fleurs du Mal ».

L'homme m'a regardé, éberlué, crédule. Il a appuyé une nouvelle fois sur le play. Il y a eu quelques craquements, un jet de musique, un tapotement répété sur le micro. Puis la voix de Céline s'est adoucie pour dire :

— Vincent, Vincent, tu es ma souffrance. Tu me jettes comme un mouchoir. Vincent, Vincent...

La voix s'est tue de nouveau.

Le plus jeune a écrasé le stop et beuglé, en lorgnant son chef :

— Et celui-là, c'est Van Gogh, je suppose ?

J'aurais pu lui faire remarquer que son ironie était déplacée, qu'il me dévisageait comme on scrute un coupable. Mais à quoi bon ? Le plus âgé a voulu retirer la cassette.

J'ai dit : « Non. »

L'homme a hésité. Il n'a pas insisté. Le plus jeune a griffonné quelques mots sur un bloc-notes. L'autre a fouillé des livres et des revues. Par habitude. Il a même soulevé un buste de Beethoven.

Au même moment, quelque chose a bougé sous le meuble de bois blanc. L'homme a reposé le buste et reculé d'un pas. Le plus jeune s'était agenouillé.

Une tortue est sortie de l'ombre.

— Léontine !

Le mot m'a échappé. Les deux autres m'ont regardé avec plus de pitié que de condescendance. Puis ils se sont perdus dans l'escalier. Je ne les ai pas suivis.

Depuis combien de temps suis-je assis sur le lit, en compagnie de Léontine ? Au-delà de la mort de ma fille, une tortue m'apparaît comme un gage de vie, un signe.

On sonne. Ève a replacé la pile, ce matin, peu après son arrivée. Socrate aboie.

La sonnerie. Petis appels impatients. Semblables à ceux de Céline, quand le soir elle rentrait de la piscine. En retard. Descendre. Sans courir. Ne pas être ridicule. Descendre. À pas lents. Rajuster le masque. Respirer. Ne pas courir.

C'est un enfant.

— Ma balle est dans votre jardin et les fils sont trop hauts.

Je souris. Il s'enhardit. Traverse la maison, disparaît. Une porte claque. Puis se rouvre. Il retraverse la maison, un ballon sous un bras. Il parle :

— Elle est super. Mais j'aime pas les guêpes.

Il n'est déjà plus là. Il me reste l'empreinte d'un doigt dans la confiture d'un pot, du seul pot non encore recouvert de cellophane.

J'ai tué les guêpes.

J'ai recopié la cassette. Par prudence. Je veux garder la voix de Céline. Pour l'instant, elle me réconforte, même si les mots de Baudelaire ont acquis, depuis dimanche soir, une résonance douloureuse. Prémonitoire ?

Céline aimait la poésie de Baudelaire. Avec la passion excessive de son âge. Parfois, elle se drapait dans une nappe, agitait une clochette et descendait lentement l'escalier menant de sa chambre à la salle de séjour. Elle déclamait avec emphase. Pour nous faire rire.

« Je suis la plaie et le couteau !

Et la victime et le bourreau ! »

Et nous riions. Laure battait des mains comme une petite fille.

Un autre jour, Beethoven était à la fête. Céline promenait le buste, puis le posait sur le piano. Alors, elle jouait, jouait...

Nous écoutions la musique, nous admirions notre fille. Si changeante. Parfois folâtre, peinée, enthousiaste, bougonne, romantique, excentrique. Belle.

« Beethoven, il est génial ! » déclarait-elle, en se levant du tabouret. Génial : c'était son qualificatif favori. Baudelaire était génial. Vincent aussi. C'est du moins ce que Céline téléphonait à ses amies.

Vincent. Il va falloir que je sache qui il est. Pour le prévenir de ce qui l'attend. Peut-être est-il déjà trop tard ?

L'enquête piétine. Les autres ont dit : « On cherche. » Ils auraient pu ajouter sur le même ton : « Et on ne trouve pas. »

Et dans le village, ce doit être l'émeute dans les bouches.

Fernand, le gendarme, en m'annonçant l'arrestation du perceur de pneus a ajouté : « On l'interroge. ». La routine.

C'est la routine qui va mener la P.J. jusqu'à Vincent.

« Vincent, Vincent, tu es ma souffrance. Tu me jettes comme un mouchoir... »

Céline avait le mal de l'âme. Elle apprenait l'amour. Elle eut droit à la mort.

— Philippe ?... Philippe !

Ève. Elle grimpe l'escalier.

— Qu'est-ce qui t'arrive ? Tu pourrais me répondre.

— Je t'expliquerai... Et Laure ?

— Elle a été contente de me voir. Elle s'est inquiétée de son œil enflé et jaune. Elle ne comprend pas. Elle ne se souvient de rien. Laure est bizarre. Tantôt absente, tantôt lucide.

— Elle pleure ?

— Non. Elle m'a demandé : « Céline est rentrée ? » J'ai dit : « Pas encore. » Puis elle a parlé d'autre chose.

— De moi ?

— Non. Pas un mot... Ce n'est pas normal. Il faudra que tu me tiennes au courant. Je rentrerai demain à Paris, juste après l'enterrement. Je répète « Les Chaises » d'Ionesco, tu connais ?

— Oui.

J'ai appuyé sur le play. La voix de Céline a commencé :

« Sans cesse à mes côtés s'agite le Démon... »

Ève est devenue blanche, et son fard à paupières, ses faux cils, sa bouche trop rouge ont tout à coup paru surréels, désiroires.

Le téléphone. Je descends. Je pense à Laure. Je décroche. C'est Florence.

— Maman demande si je dois vous apporter à manger... ou si la dame qui est chez vous va s'en occuper...

Je réponds : « Ça ira pour ce soir. » Florence fait : « Ah bon ! »

— ... Tu connais Vincent ?

— Euh... Oui !... Vous êtes au courant ?

— Un peu. Je sais qu'il avait Céline et puis Isabelle...

— Ah oui ! mais ça, ce n'est pas important...

La voix de Florence se fait confidentielle :

— Les flics l'ont cherché tout l'après-midi. Ils l'ont trouvé à « La Grange aux Belles ». Vincent jouait au flipper... avec des copains, quoi !

— Et ils l'ont emmené ?

— Oui, même qu'ils l'interrogent encore...

J'ai dit : « Salut ! » et j'ai raccroché. Je me sens lâche. Je devrais sortir de la maison, monter dans la Dyane, foncer vers le commissariat. Pour être là face à Vincent. Une seconde. Et savoir. À l'instant même. Sans soupçons. Sans interrogatoire. Juste par un regard, car Céline avait les mêmes yeux que moi. Durant l'enfance, cette particularité la rendait fière. Puis, peu à peu, la fierté s'est muée en une espèce d'irritation contenue. Sauf quand Florence ou une autre amie lui disait : « T'as les yeux verts de ton paternel ! » Alors, Céline se fâchait. Elle criait, pour que je l'entende : « Tout ça, ce sont des sornettes de vieux. Mes yeux sont mes yeux, merde ! ». Elle articulait « mer-de ». Et le mot dans sa bouche paraissait anodin.

J'hésite. Ma lâcheté m'angoisse.

En haut, Ève repasse la cassette. Une fois de plus.

Je ne sortirai pas. Il y a maintenant deux tentes dans la prairie. Ils sont quatre à attendre. Aux premières loges. Ils se relaient. Si je sors, l'un d'eux va me suivre. Il me hélera. Il m'appellera « confrère ». Pour m'amadouer. Pour m'arracher une parole dont il fera une colonne. Il saura que je me suis rendu à la P.J., il en déduira que j'ai été convoqué par le commissaire. Et s'il sait que Vincent est là, il en fera, demain, dans son journal, par insinuations, un présumé coupable. En attendant mieux ou autre chose.

Socrate pleure dans la cour.

5

Longue a été la nuit d'attente. Interminable.

J'ai nettoyé le carrelage, déblayé le couloir d'entrée, isolé la tortue, exilé le chien au garage. Ève a épousseté les meubles, les bibelots. Depuis dimanche, à 18 heures, le poste de radio, le téléviseur, le magnétoscope sont des engins morts. Le jour s'allonge sur le jardin. Il va faire beau dans le ciel. Les fleurs seront plus jolies sur le chêne.

Deux hommes en tablier noir installent le catafalque. Tentures. Dorures. Bougies. Chandeliers.

Des couronnes arrivent, des bouquets s'entassent. Des gerbes submergent les apprêts.

Des roses. Beaucoup d'œillets blancs. Tout me paraît absurde. Le meurtre. L'autopsie. L'absence de cercueil. Le décor funèbre. Ève qui se fait belle devant le lavabo. Socrate qui aboie sans cesse. Et, dans la prairie proche, les deux tentes dont la toile bouge déjà.

Huit heures quarante-cinq. Céline est là. Plus tôt que prévu. Les hommes sont partis. Je suis seul avec ma fille.

Dans la cuisine, Ève beurre quelques petits pains. Une odeur de café se mélange aux parfums des fleurs.

Je ne pense pas. J'écoute. Je respire. Ma douleur est rentrée, comprimée. Éteinte. Comme un volcan peut l'être. Momentanément. Après une éruption-surprise.

Je me sens presque bien et n'en ai pas honte.

Le sursis sera court. Je le sais. Je le vis à la seconde. Sans cri. Sans mains crispées. Les yeux secs.

Céline n'aimait pas les pleurs.

Il va falloir ouvrir la porte. Dehors, on se presse. Socrate hurle. Ève essaie de le faire taire. En vain.

J'ai entrouvert la porte du garage. Et la bête s'est enfuie en jappant.

Ève m'a rejoint dans la pièce. Tout est prêt.

Dans l'avant-cour, on piaffe.

Ils défilent devant la boîte de chêne clair, le Christ doré, les huit clous et les sceaux de cire rouge. Ils me parlent à mi-voix. Je ne veux pas les entendre. Je hoche la tête. Et ça leur suffit. Des mains serrent les miennes, me pressent les épaules. Des femmes pleurent, prient. Le village n'est plus qu'une succession de visages éplorés, dignes, curieux. Indiscrets. Ève se tient droite, plutôt distante. Elle est de la ville.

On se bouscule. On entend des « chut ». Et, dans le vestibule, le « nom de Dieu » d'un photographe.

Le curé. Quatre enfants de chœur en tenue d'aube. Des mots psalmodiés. Des signes de croix.

Quatre hommes. Un à côté de chaque poignée. Deux femmes évacuent les bouquets qu'une autre distribue à des enfants. Les couronnes s'envolent au-dessus des têtes. Les gerbes glissent de mains en mains.

Ève me passe un mouchoir. Je serre les dents.

C'est l'heure.

Je suis dehors. La lumière m'assaille. Comme au sortir d'une grotte. Ou d'un tunnel. Des flashes irradient une panoplie d'habits sombres.

Le Patron est là. Avec Olivier, Léonce, Adèle. Et plus loin, un peu à l'écart, les nettoyeuses.

J'avance. Le mouchoir d'Ève dans une paume. Je suis le point de mire des regards.

Ne pas pleurer. Ne pas être la mouche d'un coche macabre.

Ne pas apitoyer cette foule compacte. Ne pas être à la une, demain, peut-être déjà ce soir, avec un front bas. Comme un coupable.

Je marche, la tête droite. Je pense à Laure. À

Laure si forte, si prévenante, si femme. Et aujourd'hui absente, presque pitoyable. Brisée en une seconde par le « c'était inutile » d'un inconnu au front moite et à l'œil cerné d'une cicatrice bleuâtre. Laure désarticulée avec une arcade sourcilière d'un jaune sale.

Je suis les enfants des écoles, endimanchés, sérieux. Fleuris. Le glas s'égrène dans un ciel trop bleu. Chapelet d'injures. Mon cri.

Je concentre mon regard sur une fleur du corbillard. Pas toujours la même. Rester digne jusqu'au bout. Jusqu'au trou.

L'église. Un parvis houleux. Des flashes. Des regards. Le porche. Sa pénombre. L'eau bénite. Une autre foule. Les orgues. Des gens. Des chaises. Des gens. Des chaises. Ma chaise. Enfin.

L'église sent bon. L'encens se mêle à la senteur des fleurs. Le chœur est bougies, lumières, micro. Voix. Chants.

Céline repose entre Ève et moi. Son cercueil de chêne clair m'est familier. Sa vision ne me fait pas mal. Au delà du bois, du Christ doré, des clous, des poignées, de la cire rouge, il me reste l'image de ma fille. La dernière image. Un dimanche d'août. À seize heures. Et un mot : « chouette ».

Assis. Levé. Assis. Levé.

L'homélie.

Au premier rang des femmes, Ève assume le deuil de Laure. Isolée. Superbe.

L'offrande. Le curé. De face. Les enfants de chœur. De face. Je croise leurs regards. Ils baissent les yeux. Un instant. Puis m'observent à la dérobée.

Des hommes. À la file. La monnaie sur le plateau. La serviette du curé sur le métal qu'on baise. Les mêmes gestes. Et ça défile...

Mes yeux se troublent. Mes doigts s'agrippent au rebord de la chaise d'église. J'ai perdu le mouchoir d'Ève.

Après les hommes, les femmes. Le tourniquet reprend. Le plateau tinte. Le curé a changé de serviette.

Et ça tourne...

L'encens, les fleurs me sont devenus odeurs insupportables. Je dois vomir.

L'absoute. L'auxiliaire de l'archevêque bénit Céline.

Ève m'a jeté un regard rapide. Une alerte. J'essaie de faire le vide dans ma tête.

C'est fini.

Les gens bougent. Une rumeur s'installe. On ouvre le portail. Des pas. Des bruits de chaises. Quatre hommes, une casquette dans une main. L'autre main sur une poignée dorée.

Un ordre. Le cercueil qu'on lève.

J'attends. Ève me fait face. Impénétrable. Et, au-dessus des têtes, ces orgues qui chantent. Comme si soudain le monde était à la joie. Et ces cloches qui sonnent. Un blasphème à la vie. Des chaises. Des gens. Et tout au bout, le soleil, une haie d'enfants. La foule. Le parvis. Florence. Un sourire figé dans sa tristesse.

Une croix au bout d'un manche. Le monument aux morts. La grille. Et déjà, les premières tombes...

Ève m'a pris le bras. Elle marche sans me regarder. Je sens la piqûre de ses ongles à travers le tissu. Ève crâne, domine, subjugue. La foule est son désert. Elle me conduit.

Il n'y a dans ce cimetière de campagne que Céline, moi et elle. Et pourtant, le cortège se reforme, s'alanguit, s'éparpille entre les pierres plates, les croix, les tertres, les pots, les lignes de sable blanc, les cailloux rouges. Le trou.

— Non.

J'ai dit non. Tout à coup. Par impulsion.

Je me suis arrêté de marcher. Un porteur s'est retourné, inquiet. Ève m'a serré le bras plus fort. Elle a paru déboussolée, expulsée de son vide et soudain moins digne, plus humaine, assumant rides et deuil. Sans superbe.

Derrière nous, il y eut un murmure, des bruits de pas hors rythme, des crissements de gravier.

J'ai soufflé à Ève :

— Non... Pas le trou.

Elle a enfin compris. Elle a lâché mon bras.

Je me suis écarté. À peine. Ève est repartie. Les autres l'ont suivie.

Je reste là, debout, à l'écart, masqué par une croix de pierre. Dos à la foule qui passe. Moins crispé. Indifférent aux chuchotements, aux appareils qui me mitraillent.

Un cercueil drapé de bleu et garni d'œillets blancs peut être beau dans une église. Pas dans un trou. Surtout un jour de grand soleil.

La vue du monticule de terre, des planches et des cordes, du fossoyeur en chemise, les mains posées sur une bêche sale a cadenassé mes jambes.

Être autre part. Tenir. Tenir bon. Nier le temps, l'espace, le lieu, les autres. Penser à Laure, à l'autre Laure. Celle des confitures. Ne pas fuir. Attendre.

Je reviendrai seul. Sans encens, sans glas, sans flashes, sans pas, sans bruits de nez qu'on mouche, sans exhortations latines, sans signe de croix, sans curé, sans personne. Seul, le visage de Céline dans ma mémoire, je me réconcilierai avec une pierre bleue provisoirement sans nom, sans prénom et sans âge. J'aurai dans les oreilles le rire de Céline qu'aucune cloche, que cent mille orgues ne pourraient couvrir.

Ils ont fait demi-tour. Les premiers repassent, pressés.

Je fixe le soleil, les paupières grandes ouvertes. Afin de mendier des larmes pour mes yeux secs.

Une main me touche un bras. Je me retourne.

— Je suis Vincent.

6

L'hôpital. Ses carrés de lumière. Et entre lui et moi, le ring : ses phares qui foncent. Son bruit de moteur. Ses gaz.

Je marche. J'ai parqué la Dyane sur la place de

la ville. Je suis entré dans un bistrot et en suis ressorti par la cour. Puis j'ai couru dans la ruelle. Tout au bout, je suis resté blotti dans une encoignure de porte. Personne. J'avais semé l'un des occupants des tentes de la prairie.

Je ne suis pas pressé. Je respire.

Le parc de l'hôpital. Un banc. Je m'y assieds. Dos au bâtiment. L'air est tiède. L'ombre me protège.

Ève est repartie dans l'après-midi. Elle a emprunté un roman de la bibliothèque : « À Rebours ».

Elle a dit, badine :

— J'adore J. K. Huysmans. Ses obsessions libertines, ses hantises mystiques... Son Des Esseintes est un chou.

Puis elle m'a tendu le roman ouvert à la page 100 et m'en a déclamé, de mémoire, les premières lignes : « ... Le kirsch sonne furieusement de la trompette ; le gin et le whisky emportent le palais avec leurs stridents éclats de pistons et de trombones, l'eau-de-vie de marc fulmine avec les assourdissants vacarmes des tubas, pendant que roulent les coups de tonnerre de la cymbale et de la caisse frappés à tour de bras, dans la peau de la bouche, par des rakis de Chio et les mastics... » Elle a repris le livre et ajouté : « Sais-tu que Joris-Karl avait incrusté de diamants la carapace de sa tortue ? »

J'ai répondu : « Non », en pensant à Léontine.

Le taxi est arrivé. Ève m'a embrassé sur la bouche. Une habitude. Elle a entrouvert la portière du taxi et crié :

— Je fais un saut jusqu'à l'hôpital. Sonne-moi

de temps en temps. Jamais le matin ni le soir. « Les Chaises » se jouent en soirée... Ciao !

Céline admirait Ève. Peut-être la copiait-elle ?

Une ambulance traverse le parc. D'abord sirène, puis toupie bleue. J'existe au ralenti. Pour refouler une envie de vivre. Après le départ d'Ève, Vincent est venu à la maison. Comme promis. Dimanche, il séjournait au littoral. Son alibi a été vérifié. Il n'était donc pas au rendez-vous de la gare. Dans le cas contraire, sans doute, Céline serait-elle encore en vie. Et Laure en joie.

Vincent m'a parlé longuement de ma fille. Avec franchise. Céline n'avait été pour lui qu'un flirt sans importance. Il lui avait préféré Isabelle, à cause de sa grosse moto et de son manque de romantisme. Par contraste.

Avant de s'en aller, Vincent a déclaré, en haussant les épaules :

— Florence m'a demandé de vous rappeler son disque-souvenir. Un Elton John, je crois...

Et il est reparti avec un Simon and Garfunkel, un Robert Palmer, deux Elton John. Et pour lui, le dernier Rapsat.

Une autre ambulance a surgi du boulevard de ceinture.

Un malaise s'insinue, encore imprécis. Je suis debout. En proie au doute.

Laure m'attend-elle ?

Le guichet. Un portier qui griffonne. Je passe. L'ascenseur. Le 3e. La chambre 315. Sans nom.

— Monsieur ?

Une voix chantante. L'infirmière de garde.

— Philippe Jaujac, le mari de Laure.

— Ah ! C'est vous.

Elle me précède. Jeune. Sautillante. Céline sautillait, elle aussi. Mais sans balancer les hanches.

La porte. Laure dans son lit à roulettes et à poulie. Assise, le dos soutenu par deux gros oreillers.

Elle m'accueille avec un reste de sourire. Elle hoche la tête, lève à peine les épaules en un geste d'impuissance.

Je l'embrasse. Elle me noue ses bras autour du cou.

Un bruit de porte qu'on referme.

— Tu t'en sors ?

Je fais oui avec la tête.

Un silence. Laure a desserré l'étreinte.

— Ton œil va beaucoup mieux.

— L'enterrement ?

— Ève m'a aidé.

— Je sais.

L'infirmière est revenue. Avec un plateau, une ampoule, une seringue.

— C'est l'heure de la piqûre.

Je me penche vers Laure. Ses doigts se crispent aux manches de ma veste. Le temps d'un baiser sur le front.

L'infirmière a posé le plateau sur une table. Elle s'affaire.

Alors, Laure a déclaré, très calme :

— Qui que ce soit, Philippe, il ne doit plus vivre.

Et elle a offert une fesse à la seringue.

7

Jeudi. Sept heures trente. J'ai dormi. Sans rêve. Pour la première fois depuis trois jours. Bientôt quatre. Une éternité. Hier a pris fin dimanche à dix-sept heures cinquante-neuf. Aujourd'hui se termine.

Il va falloir m'organiser autrement. Réinventer des habitudes. Demain commence. Il sera long. Pénible. Sans oubli.

Florence arrive. Sur son vélo qui grince.

— Je vous apporte du café chaud et des petits pains de ce matin... Il y a aussi du fromage de lait battu. Laure a dit à maman que c'est votre préféré.

— Ta maman a vu Laure ?

— Oui. J'étais là aussi. C'est madame Ève qui nous a emmenées. En taxi... Nous attendions le bus. Elle m'a reconnue... Elle est gentille. Céline parlait souvent d'elle. Même qu'elle disait que, plus tard, elle serait artiste comme tante Ève... C'est pour cela qu'elle étudiait si souvent le piano.

Florence évoquait ma fille avec naturel. Comme si Céline était momentanément absente.

J'ai bu le café chaud, tapissé les petits pains de fromage et les ai mangés devant elle. En silence. Sans faim.

Florence a aperçu Léontine. Elle l'a soulevée,

bras tendus au-dessus du visage. Puis elle a dit très vite, comme si elle était impardonnable :

— Merci pour les disques. Vincent m'a aussi laissé le Rapsat. Ce jeune monsieur ne jure que par Mozart, Schubert... ou Rachmaninov !

Elle a ponctué ses dires d'une révérence volontairement maladroite. Peut-être aimait-elle aussi Vincent ? Sans oser le lui avouer.

On sonne. Florence court à la fenêtre, colle le nez à la vitre :

— C'est le facteur. Il est chargé !

Il entre en traînant un sac postal.

— Salut, Philippe !

— Entre, Niagara.

Il abandonne le sac au milieu de la pièce, s'éponge le front.

— Il est arrivé un sac plein. Il paraît que, dans des cas comme le tien, c'est normal.

— Un calva ?

— C'est pas de refus.

Florence a déjà sorti la bouteille et deux verres. Elle veut se rendre utile. Elle était l'amie de Céline. Pas une copine. Mieux : sa confidente. Peut-être, aujourd'hui, se sent-elle seule, elle aussi ?

Niagara la regarde. Il a enlevé son képi. Il s'assied sur une chaise, étend les jambes en poussant un soupir d'aise.

— On se pressait hier à l'église... Dedans et dehors... On dit qu'il y avait deux mille personnes. C'est le double de la population du village. On n'a jamais vu ça chez nous, même à la Libération...

— Santé !

— Santé !

Florence emmène Léontine dans la cour.

— Un autre ?

— Un autre.

Niagara jette un coup d'œil vers la cour. Puis il approche sa chaise de la mienne et explique, avec mystère :

— Deux campeurs ont vu ta fille. Des fleurs pendaient au guidon de sa mobylette... Un peu avant, ils avaient aperçu un homme qui rôdait dans le coin. Il les a regardés, puis il est parti du côté de la Dôle... Il paraît qu'on a fabriqué un portrait-robot...

Il se lève, rajuste son képi.

— Santé !

— Santé !

Il empoigne le sac.

— Je vide çà où ?

— Là.

Il culbute le contenu du sac dans l'aquarium sans eau.

— À demain ?

— À demain.

Florence est revenue. Elle glisse le thermos dans son panier.

— Pourquoi l'appelle-t-on Niagara ?

Elle a emporté les deux verres qu'elle rince dans l'évier.

— Au village, on le surnomme ainsi depuis toujours. Il vient d'une famille qui souffre de cataracte.

Florence a éclaté de rire. Et son rire a empli la maison. Puis l'amie de Céline s'est caché le visage. Un court moment. Dans l'essuie-verres.

— Emporte les journaux. Je ne veux pas les voir.

Florence a obéi.

— À ce soir ?

— Non... Pour ce soir, ça ira.

— À demain, alors ?

— À demain.

Elle est repartie sur son vélo grinçant.

J'ai compté les quatre-vingt-six lettres de l'aquarium. Sans les ouvrir. Du bouquet de Céline, j'ai retiré trois fleurs et les ai glissées dans un livre. J'ai jeté les autres. Fanées.

La maison reste une attraction, un objectif de promenade comme doit l'être surtout le pont de la Dôle, à la Brèche-aux-Loups.

Mais les tentes ont disparu de la prairie.

De temps en temps, je réentends Céline déclamant Baudelaire.

J'ai effacé le passage concernant Vincent.

La voix de ma fille me réchauffe, m'apaise. Ses photos me glacent. La marge est faible entre le désespoir soudain et l'apaisement provisoire. Je comprends déjà que la solitude n'est pas un refuge pour la douleur.

Une angoisse m'étreint. Le rire jeune de Florence se superpose par moments au « il ne doit plus vivre » de Laure.

Depuis dimanche soir, j'existe hors de moi-même. En fonction des uns et des autres. J'ai subi l'immédiat, par vagues. Le reflux maintenant m'assaille, me ballotte. J'ai souvent l'impression d'émerger d'un brouillard malsain. Avec des yeux d'aveugle.

Quelque part se terre un homme aux mains rouges.

8

Ils ont arrêté Lazare. Lazare Buvrinnes. Un chevilleur.

Il habite une bâtisse isolée à la sortie du village : la ferme de Hurlebise. Quand le maïs est coupé, de la ferme, on aperçoit, en contrebas, le pont de la Dôle.

Ils l'ont arrêté à cause du portrait-robot.

Olivier m'a téléphoné la nouvelle. Tôt ce matin.

Il a précisé : « Je voulais être le premier à te l'apprendre », puis il a enchaîné sans me laisser le temps d'un merci :

— Tu le connais ?

— Comme tout le monde... Je l'aperçois de temps à autre.

— Tu as vu le portrait-robot ?

— Non.

— Tu as lu la déposition des deux campeurs ?

— Non.

— Tu n'as pas suivi l'Affaire ?

— Non.

— Même pas dans ton canard ?

— Même pas.

Olivier a semblé déçu. Il a fait « Ah bon ! » puis il a ajouté dans un souffle : « C'est peut-être mieux ainsi. »

J'ai dit :

— Et les chiens ?

— La pluie de dimanche soir a effacé ou déplacé les odeurs. Les chiens ont d'abord tourné en rond. À un certain moment, l'un des deux a traversé la prairie aux chevaux et il s'est arrêté devant la grille de Hurlebise... Il n'a pas insisté, à cause des deux bergers allemands de Buvrinnes.

— Et l'autre ?

— Il a longé la Dôle.

Avant de raccrocher, j'ai demandé à Olivier :

— Il avait combien d'yeux, ton portrait-robot ?

Surpris, Olivier a appuyé sa réponse d'un éclat de rire :

— Deux. Pourquoi cette question ?

— Lazare est borgne.

Et le rire d'Olivier lui est resté dans la gorge.

Un peu après, il a dit :

— Et Laure ?

— On la pique pour qu'elle dorme.

Il a raccroché. Après un « à bientôt » machinal.

Un gémissement. Un autre.

C'est Socrate. Crasseux. Exténué. Vivant.

Les lettres des autres font mal. Elles ne consolent pas. Elles accablent. Des bribes s'incrustent dans la mémoire : « ... pénible malheur... immense peine... indignation... acte odieux... condoléances émues... douleur atroce... »

Ces mots rejoignent ceux des gros titres étalés à la une des kiosques à journaux : « ... horrible crime... meurtre ignoble... assassinat tragique... fillette égorgée... viol ?... le monstre de la Brèche-aux-Loups... Céline cueillait des fleurs... »

Impossible de ne pas les voir, de ne pas les lire.

En ville, ces titres vous aguichent, se multiplient, vous sautent aux yeux. Çà et là, des voix les crient ; des mains les tendent, les vendent à d'autres mains qui les emportent. On les retrouve sur des zincs de brasserie. Dans les bus. Sur la table du hall d'entrée de l'hôpital. Dans ma boîte aux lettres. Dans les lettres de l'aquarium, en coupures.

Un professeur m'écrit de Nice où elle est en vacances :

« ... élève exceptionnelle, intelligente, douce, d'une très grande gentillesse, adorable... elle m'apportait pour des leçons toutes sortes de documents, surtout des plantes et des fleurs. »

Après l'imparfait, le futur : « ... elle restera à jamais un des meilleurs souvenirs de ma carrière... je n'oublierai pas de sitôt son visage attachant... » Comme si Céline avait encore un futur.

Une enveloppe bleue. « Par avion ». Un timbre de Mauritanie. Et dans l'enveloppe, l'incroyable. « Je prierai le bon Dieu pour que vous ayez une autre Céline. Et si mes souhaits ne s'exauçaient pas, je suis prêt à vous envoyer une de mes petites filles. »

Et puis, parmi les quatre-vingt-quatre autres, une enveloppe blanche. Avec surtaxe. Une écriture imprimée. Maladroite. Dans l'enveloppe, un collage. Anonyme. En lettres découpées. Inégales. Et une phrase : « TU ES L'ASASIN, SALAUD ». Deux lettres oubliées. Deux S. S.S. Comme un sigle.

J'ai lavé Socrate. Dans la baignoire. Avec une shampooing aux herbes. La bête sent bon. Elle garde dans son panier une pantoufle rose à lanières rouges.

Je me sens moins seul. Socrate est ma pantoufle rose.

J'accuse néanmoins le poids des jours. J'ai la nausée. Dès le lever. Et pourtant, ce matin, Olivier m'a ôté une entrave.

De « L'Affaire Jaujac », je ne suis plus le point de mire. Ma rue est redevenue calme. La horde aboie sans doute devant la grille de Hurlebise.

Le téléphone. La voix de Laure. Un message. Un cri : « Je sais tout. Je veux rentrer. »

Un clic. La tonalité. L'écouteur suspendu. Un miroir. Mes yeux. Un regard de chien et une pantoufle rose. Mon univers. Mon vide. Et dans les oreilles, en écho, la voix de Laure.

9

Un temps de fin d'été. Avec une pluie soudaine, battante. Irrésistible. Des éclairs. Un jardin en nage. Du tonnerre. Des flaques en bulles. Puis le calme et la lassitude. Une lassitude contagieuse. Je me sens comme accroché à mi-cime. Sans la peur du gouffre.

La journée m'a paru interminable. J'attends Laure.

La maison est propre, différente. J'ai changé l'emplacement du divan, du piano. Les confitures encombrent une planche de l'armoire à linge. J'ai enlevé la cassette du magnétophone de Céline et remis de l'eau dans l'aquarium. J'ai brûlé les journaux et les lettres.

Ce matin, Niagara n'est pas entré. Il a glissé le courrier dans la boîte de l'avant-cour.

Tout me paraît absurde. Un village ordinaire. Un père, une mère et leur fille dans une maison ordinaire. La fille sur une mobylette ordinaire. Un Vincent ordinaire absent d'une gare très ordinaire. Une Céline qui cueille des fleurs ordinaires. Peut-être parce qu'il faut bien dissimuler son chagrin quelque part. Et surtout pas devant les autres. Et puis, sans doute par hasard, un homme aux mains rouges et un couteau. Et tout chancelle, se renverse, délire. Yeux, pleurs, cris, flashes. Caméras. Micros. Sirènes. La morgue. Le tiroir 18. Le catafalque. Les œillets. Le noir dans le soleil. L'encens dans la pénombre. Le parvis. Les yeux. Le gravier. Les pas. Le trou. Et aujourd'hui, la pierre.

J'attends.

Le silence est plus pesant que le bruit. Le temps, un instant oublié, retombe comme un rideau trop lourd.

Autre part, l'homme aux mains rouges a un présumé visage. Il n'est plus une ombre.

L'Affaire Jaujac est devenue le Cas Buvrinnes.

C'est elle.

L'ambulance s'est arrêtée. La toupie bleue continue de tourner. Une civière. Laure. Pâle, figée. De glace.

J'essaie de lui sourire. Ses paupières se ferment.

Le seuil. Le divan.

Une signature.

La civière redevient objet dérisoire.

Une voix :

— Bonne fin de journée !

Le silence.

Ma voix :

— Bonjour, Laure !

Ses paupières s'entrouvrent.

Ma voix :

— Je suis content que tu sois là.

J'embrasse Laure. Son front est chaud. Sa bouche est sèche.

Ma voix :

— Veux-tu quelque chose ?

Ses lèvres s'ouvrent.

Sa voix :

— Il ne doit plus vivre.

Socrate jappe. Laure pleure. Je me sens coupable.

Un vélo qui grince. Des pas pressés.

Florence. Jeune. Vive. Contente.

Laure lui sourit.

— Merci pour tout, Florence.

— Oh ! C'est rien.

Elles échangent des mots que je n'écoute plus. J'emporte la casserole chaude. Socrate me suit. Il est heureux que Laure soit revenue. Je devrais l'être aussi.

— Philippe ?

— Oui, Laure.

— Je veux goûter la confiture.

10

Buvrinnes a avoué.

Niagara est accouru m'annoncer la nouvelle.

Dans le village, après la colère ou le doute, c'est la stupeur.

Niagara a lancé, avant de repartir :

— On va pouvoir laisser ressortir nos filles.

Sans son uniforme, le facteur se refondait dans l'ordinaire. Il paraissait plutôt gauche, comme empêtré dans un costume d'un autre âge.

Laure dort. La nuit a été calme. C'est dimanche.

La semaine dernière, à la même heure, Céline se levait. Elle tempêtait. À cause « d'un foutu bouton sur le nez ». Les autres allaient bien rire. Surtout Isabelle.

La veille, ma fille s'était montrée nerveuse, susceptible. Elle avait reproché à Laure de lui avoir donné des seins trop petits. Elle avait ajouté que la mère d'Isabelle, elle, avait bien servi sa fille.

Laure m'avait souri. Puis elle avait soupiré : « Ça viendra. »

Céline était amoureuse. Et déjà jalouse.

Pouvait-elle se douter qu'elle ne reverrait plus son Vincent ?

Aurait-elle pu comprendre qu'une panne de mobylette pouvait modifier un destin, armer une main d'un couteau pour une œuvre de mort ?

Laure est là, dans l'encadrement de la porte. Avec un sourire triste. Elle tient dans les mains la tortue de Céline.

— Bonjour, Philippe.

— Bonjour, Laure.

Elle me tend une joue. Tout en elle est fragile.

Elle écarte le rideau, regarde la rue, le jardin.

Elle arpente la maison. À pas lents. Dépose Léontine.

— Buldo est mort ?

— Oui.

Elle regarde l'aquarium, touche son eau avec une main.

Peut-être imagine-t-elle Buldo, un poisson que Céline avait gagné à la foire de la ville ?

Laure tait la mort de notre fille. Mais ses mains, ses lèvres, ses yeux trahissent sa douleur. Sa fêlure.

— Un café ?

— Si tu veux.

Laure a atteint la rampe d'escalier. Elle lève la tête.

— Un sucre ?

— Si tu veux.

Elle s'est assise au piano. Une main effleure le clavier.

Un doigt écrase une touche blanche.

— Il a parlé ?

— Oui.

Elle hume le café noir qui fume.

— Il sent bon.

Elle boit le café, prend son temps. Semble ailleurs.

— Une infirmière viendra une fois par jour.

Elle suçote le sucre trempé. Une déjà longue habitude que Céline imitait.

— Pour la piqûre ?

— Pour la piqûre.

Elle se lève en prenant appui sur le bord du piano.

— Et au journal ?

— Ils m'ont accordé un congé.

— Tant mieux.

Elle avance, les bras pendants, les cheveux défaits. Pâle.

— Il faudra encadrer une grande photo et la fixer au-dessus du piano.

Elle se parle. Elle a rejoint la rampe d'escalier. Elle hésite, relève la tête.

— Aide-moi.

Nous montons. Lentement. En marquant des pauses.

Le palier. La tête d'Elvis.

Laure entre dans la chambre.

— Laisse-moi.

Elle a déjà refermé la porte jaune.

L'infirmière est venue. Jeune. Pressée. Volubile.

— Je suis la remplaçante de madame Barbara. Elle est en vacances. À la Guadeloupe ! Elle a de la veine, non ?

Elle prépare sa seringue, brise le bec d'une ampoule.

— Barbara Sanders ?

— Oui, bien sûr. Elle m'a dit qu'elle vous avait connu dans le temps.

Elle fait gicler du liquide. Laure descend les

marches. Lentement, Le sourire morose. Elle regarde l'infirmière avec étonnement.

— Je suis la remplaçante de madame Barbara. Elle est en vacances.

— Ah !

La fille a comprimé la chair avec un pouce. Puis elle a planté l'aiguille dans la fesse. En professionnelle.

Comprimer, planter. Au service des ambulanciers, le médecin militaire ne cessait de nous répéter ces deux mots.

En tant que secouriste, j'avais été versé dans le service des urgences. Par manque d'effectif. Et j'avais appris sans mal à piquer les autres. J'étais plutôt doué.

Barbara, je l'avais rencontrée à l'hôpital militaire. Elle était grande, mince. Elle avait les jambes longues. Des yeux sombres, larges, attirants.

On s'était plu tout de suite. Le soir même, on s'était revus. Dans un restaurant asiatique. On avait jonglé avec les baguettes et le riz. Je la trouvais folle. Elle me trouvait gai. Elle m'avait amené chez elle. Dans sa chambre. Au cinquième d'un immeuble sans ascenseur. Et là, en se déshabillant derrière un paravent, elle m'avait lancé en désignant le dessus d'une commode : « Beau militaire, je te présente Wellington. »

C'était un foetus dans un bocal de formol.

Je n'avais plus remis les pieds dans la chambre. On se retrouvait autre part. Puis comme elle ne cessait, par jeu, de m'appeler Wellington, je l'avais évitée. Et nous avions rompu sans éclat. Sans doute fatigués l'un de l'autre.

Et puis, il y avait eu Laure. Et tout m'avait semblé différent.

— À demain ?

— À demain.

Laure suit l'infirmière, referme la porte. Se retourne.

— Il l'a violée ?

— Non.

Laure me regarde droit dans les yeux.

— Vrai ?

— Vrai.

Elle soupire, tout à coup moins tendue.

— Je vais faire quelques pas dans le jardin. Tu m'accompagnes ?

— Oui, Laure.

Socrate tend les oreilles. Il a compris. Il saute, aboie.

Laure ne le fait pas taire. Elle retrouve une scène d'avant. Une semaine s'est à peine écoulée depuis le drame. Et déjà, l'avant-dimanche dix-huit heures apparaît lointain, comme effacé de nos mémoires.

— Les orages ont abattu les dernières prunes.

Laure n'a pas répondu tout de suite. Elle a marché un moment en me tenant un bras. Puis elle s'est arrêtée et elle a déclaré, sans me regarder :

— Je ne ferai plus jamais de confiture.

11

La rue. Je marche. À visage découvert. Avec Socrate en laisse. Les passants sont rares.

J'avance. Mal à l'aise dans ce village qui m'est pourtant familier. Les façades m'apparaissent étrangères, vieilles. À l'abandon. Les pavés, seuls, me rassurent.

La rampe. La grand-place. Une femme sort de l'église.

Elle me voit, me reconnaît, se signe et repart. Forme noire absorbée au détour d'une haie de lauriers-cerises.

Le cimetière.

— Hé !

Je me retourne. Le fossoyeur.

—Oui ?

— Ah !... C'est vous.

L'homme hésite, enlève sa casquette, la secoue sur un genou, puis il bougonne, sans lever les yeux :

— Ici, les chiens ne sont pas admis... Faut comprendre.

Vite, il ajoute :

— Le ciment du caveau est presque sec.

J'ai attaché Socrate à la grille.

Le fossoyeur me suit :

— On a mis la gamine à la morgue, en attendant...

J'avance.

— Le tailleur de pierre viendra graver le nom, la semaine qui vient...

J'avance.

— Hé ! C'est pas par là...

La morgue du cimetière apparaît derrière un rideau d'ifs. Elle ne sert plus que de salle d'attente et de pièce à outils.

Un bruit de trousseau de clefs. Des pas.

Le fossoyeur me dépasse. Il me fait face.

— Vous ne direz rien, hein ? À personne ?

Il n'attend pas ma réponse. Il choisit une clef qu'il fourre dans la serrure.

J'entre. Après lui.

On a jeté une couverture sur le cercueil. Sans les fleurs, la boîte n'est plus dans la pénombre qu'un assemblage de planches. J'ai l'impression bizarre qu'elle est vide. Le Christ a déjà changé de couleur. Je sais à présent que Céline est dans ma tête. Et rien que là.

L'homme s'est tu. Un oiseau qui niche ici se bat contre une vitre.

— Je mettrai du sable blanc autour du caveau.

J'ai dit merci et j'ai ouvert la fenêtre à l'oiseau affolé.

Laure dort encore. Et je la regarde. Elle a changé. Les pleurs creusent, abîment.

Je me sens désemparé devant cette femme qui est mienne et m'apparaît lointaine. Désincarnée. Autre.

Laure a installé une photo de Céline sur la table de nuit. Elle a débranché le réveille-matin.

Comme si le temps n'avait plus la moindre importance.

Léontine sommeille, elle aussi. Juste sous la fenêtre. On dirait qu'une connivence s'est établie entre les deux sommeils. Laure sait que la tortue servait de confidente à Céline. Aujourd'hui, peut-être, Léontine est-elle le prête-chagrin de Laure ?

Une tortue. Une photo. Une cassette. Trois fleurs dans un livre. On se recrée un monde avec du disparate. Plus rien n'est ridicule quand tout est anéanti.

— Tu es là ?

Laure me sourit. Elle sort les bras des couvertures, me les tend. Ses doigts s'accrochent à mon pull. Ses lèvres se collent à ma bouche. Laure ne tremble pas. Elle n'est pas raide ni crispée. Ses yeux sont maintenant clos.

Le lit est chaud. Comme avant.

Les cheveux de Laure sont redevenus douceur sous mes doigts. Le désir qui s'insinue a l'attrait de l'interdit. Je voudrais parler. Dire des mots qui apaisent. Convaincre.

Laure a rouvert les yeux. Et j'y lis une offrande.

— Viens.

Je me suis allongé sur elle. Trop vite.

Un pan de couverture a balayé la table de nuit. Et la photo de Céline. Le cadre a heurté la coiffeuse. Et la vitre s'est brisée. D'un coup.

Aussitôt, Laure a reperdu sa chaleur et sa transparence. Elle est redevenue immobile, jusqu'au regard. Et la chambre a repris sa tristesse d'hier.

12

Buvrinnes a confirmé ses aveux devant le juge d'instruction. Son défenseur est connu. Les Buvrinnes ont choisi maître Goriot, du barreau de Paris.

Niagara sait tout, il voit tout, entend tout. Il me répète tout. Il n'interprète pas : il relate.

Le matin, il entre sans sonner. Pour ne pas alerter Laure. Il s'assied, pose son képi sur une chaise et le courrier sur une autre. Je lui sers un café bouillant et, de temps à autre, un calvados. Il parle à voix basse. Sans passion. Je l'écoute. Il boit son café à petites gorgées, s'essuie les moustaches avec un large mouchoir de paysan. Il hume l'eau-de-vie puis vide le verre. D'un trait.

Niagara ne s'implante pas. Il passe.

Je lave la tasse et le verre avant le lever de Laure. Ma femme m'inquiète. Elle mange à peine, parle peu. Sinon à elle-même. Elle fuit le soleil et les miroirs.

Le soir, elle s'enferme dans la chambre de Céline. Elle dialogue avec Bécassine. Elle passe du pleur au rire. Un rire prolongé. Pareil au rire de Céline, un jour d'humeur.

J'ai téléphoné au journal. Olivier sait que l'ennui m'achève et que j'ai hâte de repartir en reportage. D'absorber mon désarroi, la détresse de Laure. Et l'irréparable.

Il a répliqué :

— C'est trop tôt. Il faut te refaire.

Puis il a ajouté, persuasif :

— Il te reste Laure, non ?

Une porte qui s'ouvre. À l'étage. Des pas feutrés. Une main sur la rampe. Une robe de chambre. Longue. Et au-dessus, un visage. Pâle. Distrait. Des cheveux en désordre.

— Je veux me rendre au cimetière.

Elle a parlé sans me jeter le moindre regard.

— Habille-toi... Je sors la Dyane.

Sans doute, a-t-elle remarqué, hier, la venue du fossoyeur. Elle fut brève.

— Le caveau est terminé. On a remis la gamine... J'y vais, car j'ai deux autres trous à creuser. On ne chôme pas de ces temps-ci...

Laure a passé une robe. Elle a dissimulé sa chevelure dans un fichu noué sous le menton.

Elle s'est assise dans la voiture. Sur le siège arrière. Recroquevillée. Comme si elle craignait les regards. Le cimetière est désert. Laure marche sans voir les tombes. Je la suis. Avec quelques fleurs et un vase.

— C'est où ?

— Au bout de l'allée de droite.

Du jardin du presbytère s'envolent les premières feuilles jaunies. Certaines disparaissent derrière le haut mur. D'autres virevoltent entre les caveaux et les tertres.

Laure s'est arrêtée. À genoux sur la pierre, un homme la regarde. Je dis :

— Monsieur est le tailleur de pierre.

L'homme se lève, reste à l'écart. Il a ôté sa casquette empoussiérée. Laure ne voit qu'un nom : Jaujac. Un prénom : Céline.

Et une date de naissance.

— Je ne veux pas qu'on écrive la date de mort.

L'homme demeure coi, la bouche entrouverte.

Je m'entends dire :

— C'est la coutume.

— Pas de date de mort.

Laure me fixe des yeux. Je ne soutiens pas son regard. J'ajuste les fleurs dans le pot. Je déplace le marteau et le ciseau.

— Mon père était tailleur de pierre.

L'homme a fait : « Ah ! » et il a remis sa casquette.

Laure est déjà repartie. Je la suis.

À peine a-t-elle ralenti au niveau de la tombe de ses parents.

Elle vit autre part.

Le caveau des Jaujac est situé de l'autre côté du cimetière. Je pense à mon père. Il me manque.

La Dyane.

Socrate est là. Il danse autour de Laure.

Laure ne s'attarde pas. Elle m'attend, nerveuse.

J'ouvre les portières. Le chien s'engouffre dans la voiture. Laure le suit.

— Philippe ?

— Oui, Laure.

— Il ne doit plus vivre.

J'attendais ces mots depuis des jours. Avec angoisse.

13

Des gens du village ont élevé une croix. À la Brèche-aux-Loups. Près du pont de la Dôle. Certains ont prié toute la nuit. D'autres ont écrit « assassin » sur le mur chaulé de la ferme de Hurlebise. Les enfants de Buvrinnes ont quitté l'école communale. Leur mère vit en recluse. Seule, la grand-maman va aux commissions. Elle est sourde.

Niagara a ajouté :

— Désormais, ce n'est plus l'affaire des autres.

Ce matin, il a redemandé un calva. Puis encore un autre.

Avant de s'en aller, il a claironné :

— J'oubliais : l'avocat parigot aurait refusé de défendre Lazare.

Je devrais sans doute me réjouir. Mais rien ne bouge au-dedans. Mon cœur s'est arrêté de battre, un dimanche, vers dix-huit heures. Depuis, il n'est plus qu'un cœur de secours. Une mécanique.

Laure m'inquiète de plus en plus. Elle se tient maintenant en permanence dans la chambre de notre fille. Elle ne s'occupe plus des repas, du linge. De moi.

Quand Ève lui téléphone, elle retrouve, un court moment, quelque vie et quelque couleur. Puis elle s'enlise de nouveau dans l'hébétude. Parfois, elle s'habille comme Céline. Elle écoute les mêmes disques. Et ça hurle.

Hier, elle a descendu la rampe d'escalier drapée dans une nappe à ramages. Et elle a singé une meneuse de revue parisienne. Céline aimait nous épater en parodiant les belles du Casino.

Laure est Céline. Elle ne redevient Laure que de temps en temps, toujours quand Florence est là.

L'infirmière parle de maladie longue, de grande patience. Elle invoque l'influence de l'automne proche, de la sève qui descend et des feuilles qui tombent.

Je l'écoute sans la croire.

En égorgeant Céline, Buvrinnes a blessé Laure. À mort ?

— Philippe ?

— Je suis là.

— Regarde.

Laure a punaisé une grande photo de notre fille au-dessus du piano. Elle s'est assise devant le clavier. Elle souffle sur les doigts, s'échauffe les mains. Comme Céline le faisait avant une leçon de piano.

Elle a choisi une partition. Elle l'étale, l'ouvre. Du Liszt. Elle teste son siège, écarte les coudes, ajuste la nuque, agite les doigts. S'immobilise.

À présent, elle tape sur les touches blanches, sur les touches noires. Au hasard.

Elle joue. Elle croit jouer. Elle sourit. Elle fixe le visage de Céline avec une sorte de joie mystique.

Ses doigts ruissellent sur le clavier. Elle s'exalte. Elle est debout, frappe les touches. Noires. Blanches. Noires. Cacophonie.

Elle s'est rassise. Son visage se déride. Elle entend la musique de Céline. Le Liszt de Céline.

Toute douleur suspendue, elle tourne les pages après s'être mouillé l'index droit de salive. À la façon de Céline.

Je reste là, sidéré, résigné à subir l'inexprimable. Je ne suis pas malheureux. Je ne souffre pas. Je me brise.

Laure a refermé la partition. Elle se lève, joint les pieds, salue. J'applaudis. Comme avant. Quand Céline refermait sa partition, se levait, joignait les pieds et saluait.

Mais déjà, Laure est redevenue statue pâle.

— Je veux voir la croix.

Ce matin, Niagara a dû parler plus haut que d'habitude.

— C'est un peu tôt.

Elle répète mon « c'est un peu tôt », en détachant chaque mot. Comme une insulte. Son regard est lourd de mépris.

J'ai perdu Laure.

14

Tout s'est précipité aujourd'hui, de bonne heure.

Buvrinnes, dans la nuit, est revenu sur ses aveux. Il affirme avoir parlé sous la contrainte. Maître Goriot, contrairement aux on-dit, ne s'est pas désisté. Il dicte. L'autre répète, obéit. Pour sauver sa tête, ses terres. Surtout ses chevaux. Depuis la rétractation, Niagara exulte, crie à l'injustice. Il ne relate plus. Il accuse. Il veut qu'on sorte la guillotine de son musée.

Ce matin, les voisins étaient dehors. Surtout les femmes. Et Niagara, de porte en porte, s'insurgeait. Il clamait que le Parigot ferait passer Lazare pour un benêt, un m'as-tu-vu. Une victime. Alors que la pauvre gamine était, elle, dans sa boîte au fond du trou.

Niagara avait mal. Les mots dépassaient son vouloir. Et peut-être, après tout, avait-il peur ? Pour sa fille.

Peut-être aussi, celles et ceux qui l'écoutaient connaissaient-ils la même peur ?

Je suis allé frapper à la porte jaune. Pour rassurer Laure. Elle n'avait pas pu ne pas entendre Niagara.

La chambre était vide. Comme l'était la maison tout entière. La Dyane suait sa rosée dans la cour. Laure était partie. À pied. Sans se faire voir. Sans doute en contournant le jardin et les prairies.

Socrate est introuvable, lui aussi.

Le téléphone.

— Allô ?

— Monsieur Jaujac ?

— Oui.

— Votre femme... Elle n'a pas l'air dans son état normal.

— Où est-elle ?

— Le long de la Dôle. Elle est avec le chien.

J'ai mis la Dyane en route, accroché le portique d'entrée, culbuté les poubelles. Le tout dans un état second.

Je n'avais devant les yeux que les eaux de la Dôle. Noires. Lentes. Sirupeuses.

L'auto hoquetait sur les pavés. Rien ni personne n'aurait pu me forcer à la ralentir.

Je savais où trouver Laure. Et pourtant, le coin ne m'était guère familier. J'étais surtout un homme de la ville. À cause du journal. Je connaissais le village, les rues. Pas les champs qui n'étaient plus ceux de mon enfance.

Je fonçais d'instinct. Sans réfléchir. Et Laure m'apparut tout à coup. Comme transfigurée. De loin, elle ressemblait à Céline. Vue de dos.

Elle portait une jupe courte, d'un ocre criard. Un chapeau à fleurs. Et la sacoche dorée de Céline. Je ne vis pas tout de suite qu'elle marchait pieds nus.

Elle tenait Socrate en laisse. Elle ne courait pas. Elle avançait d'un pas inégal. Comme un promeneur sur une plage sauvage.

J'ai crié :

— Laure, attends-moi...

Elle ne s'est pas retournée. Elle a lâché le chien qui m'avait reconnu et tirait à contresens.

Laure a couru. Et son chapeau à fleurs s'est envolé. C'est alors que j'ai aperçu la croix. Sombre. Comme un sacrilège au-dessus des champs moissonnés.

Laure est tombée. Elle a voulu se relever. Mais elle est retombée. Presque tout de suite.

Socrate l'a rejointe. Il s'est mis à aboyer après elle, croyant à un jeu.

J'ai couru.

Laure gisait, le visage dans l'herbe. Elle ne bougeait plus. Je l'ai relevée, lentement. Elle avait les yeux apeurés, la blouse ouverte.

J'ai dit :

— Viens. On rentre.

J'ai embrassé la joue de Laure. Une joue sèche, sans larmes. J'ai répété :

— On rentre.

Et Laure m'a suivi. Docile. Échevelée. Anéantie. Ridicule dans sa jupe ocre criard trop courte.

J'ai jeté le chapeau dans la Dôle. Et Socrate a commencé à aboyer avec violence. C'est à ce moment que j'ai entrevu sur l'autre rive, parmi les éteules, des corps et de tristes figures figés dans le silence.

J'ai appelé Paris. Ève n'a pas hésité longtemps.

— Je serai chez toi dans trois heures. Prépare du linge, tout ce que tu juges utile. Laure a besoin d'autres paysages. Je l'aiderai.

Elle a marqué une pause, puis elle a ajouté :

— Et toi ?

J'ai répondu : « Ça ira. » Machinalement. Comme si j'avais dit : « beau temps » un jour d'ondée.

Elle a raccroché après un « je t'embrasse » pressé.

Peu après, j'ai annoncé à Laure l'arrivée d'Ève et son projet de vacances. Laure a souri. Ses yeux se sont soudain rallumés. Et pour la première fois depuis longtemps, ma femme m'a tendu les bras. Presque comme avant.

— Chéri, je suis contente.

J'ai dit, bêtement :

— Ça te fera du bien. Paris, c'est Paris...

Laure a demandé, impatiente :

— Dans trois heures ?

J'ai répondu :

— Oui, à peu près.

Alors, elle a soufflé :

— Tire les rideaux.

Laure avait ce sourire bizarre qui lui était propre quand, par désir, elle recherchait ma connivence. Ma complicité pour un incendie conjugal.

J'ai fermé les rideaux.

Laure s'est déshabillée. Sans perdre ce sourire que je connaissais bien. La jupe ocre lui a encombré le bas des jambes. Elle a ôté sa blouse, par delà la tête. Sans que le sourire ne s'efface.

Il y eut bientôt au pied du divan un tas de vêtements sans ordre. Comme deux dépouilles.

Laure était nue, déjà offerte. Les yeux brillants, sortis enfin de leur marbre.

Elle m'a dit :

— Qu'est-ce que tu attends ?

Je me suis couché près d'elle. Comme avant. Ses bras amaigris m'ont enserré la nuque. Comme avant. Laure ne tremblait plus. Elle continuait de sourire.

Je me suis allongé sur elle. Comme avant.

Et Laure ne perdit son sourire qu'après l'offrande chaude.

II

Octobre. Le 16. Paris. Gare du Nord. Des gens. Du vent. Des odeurs. Porteurs. Uniformes. Képis. Fourrures. Valises à roulettes.

J'attends Ève.

1

Depuis quarante-trois jours, je vis seul. Je suis rentré au journal après le départ de Laure. Je me suis d'abord abruti de travail. Pour gommer le cauchemar. Puis il y a eu le coup de téléphone d'Ève.

C'était un soir.

Elle a annoncé :

— Pour Laure, ça ne s'arrange pas.

Je n'ai rien pu répondre.

Ève a enchaîné :

— Ma sœur dépérit. Ce n'est plus une femme, mais une plante... Tu m'entends ?

J'ai répondu :

— Elle me réclame ?

Ève a hésité, puis elle a dit :

— Elle ne parle qu'à Céline. Elle ne vit qu'avec Céline. Elle marche de long en large... Ou elle reste prostrée.

J'aurais pu interrompre Ève, lui apprendre que je connaissais tout cela, que rien n'était changé. Mais je n'ai rien dit.

Ève a fait taire son caniche qui aboyait sans arrêt. Puis elle a repris :

— Je pars en tournée avec « Les Chaises »... Alors...

Elle s'est interrompue et elle a grondé le caniche qui n'aboyait plus.

J'ai demandé :

— Que décides-tu ?

Ève a expliqué :

— Il y a une solution. Un ami dirige « Les Charmilles »... C'est une clinique, une sorte de maison de repos, tu comprends ?... Laure y serait soignée, le temps qu'il faudrait... C'est dans la forêt de Fontainebleau, un endroit ravissant et...

— Et pour les frais ?

Ève a repris, avec détachement :

— Patrick est un ami, mon ami.

Ève a appuyé sur le « mon », et je n'ai plus insisté.

— Philippe !

Ève arrive, se faufile, souriante, pressée, empressée, les bras tendus.

— Bonjour, Ève !

— Je suis heureuse de te revoir.

Elle m'embrasse sur la bouche, me dévisage, me scrute :

— Comment vas-tu, pisse-copie ?

Elle rit. Je souris vaguement.

Elle m'entraîne, se serre contre moi. Comme une amoureuse. Elle sent bon.

— Et Laure ?

— Elle a subi une cure de sommeil. Patrick est confiant... Il faut l'être aussi... C'est une question de temps !

Le taxi. Sa chaleur. Le parfum d'Ève. Je me laisse mener.

— Et l'autre ?

— Sans nouvelles. Il nie.

Le taximan sifflote l'air du « Pont de la Rivière Kwaï ».

Ève se blottit contre mon épaule. Elle regarde défiler les autos, les façades, les feux. Songeuse.

— Laure ne prononce jamais son nom. De temps en temps, elle sort une phrase. Toujours la même... Une phrase terrible !

— Je sais.

— Ah !

Ève s'est tue, un long moment. Avant de demander d'une voix qui se voulait neutre :

— Et Socrate ?

— Il est chez Florence... Et tes « Chaises » ?

— Un triomphe !... Je suis sublime.

Elle rit trop haut. Le taximan se retourne sans surprise et lance :

— On arrive, ma bonne dame !

— Combien ?

Je suis déjà dehors. Je respire Paris. Des platanes perdent leurs feuilles mortes. Sur leur pied grillagé.

— Attends-moi. Le temps d'acheter quelques victuailles, et je reviens... Tu aimes le saumon fumé ?

— J'aime tout.

Elle court. Un reste de parfum m'entoure.

Une bouche de métro. Un kiosque à journaux. Une tête de vendeuse sur deux épaules. Et en auréole, des titres en gras qui se ressemblent.

« Ursula (11 ans) enterrée vivante par ses ravisseurs »

« L'horrible crime d'Eching »
« La rançon : deux millions de deutsche marks »
« Retrouvée morte dans un sarcophage »
« Six heures d'agonie »
« Les policiers pleuraient »

Ursula me sourit.

— France Soir.

— Vous avez vu ?... Ah, mon bon monsieur !... Quel monde ! C'est pas croyable des choses pareilles...

J'emporte Ursula sur un banc. Je la regarde. Elle m'est proche. Plus rien n'existe autour de nous.

Ursula d'Eching : 11 ans. Céline de la Brèche-aux-Loups : 15 ans. Unies dans l'horrible.

« ... enfouie sous terre dans un caisson de bois... pour toute aération, un tuyau de plastique... retrouvé bouché... le visage violacé... le corps recroquevillé en position foetale... morte, terrorisée, dans les six heures qui ont suivi son enlèvement... auprès du corps, des paquets de chewing-gum, des bonbons, des tablettes de chocolat, des jus de fruits... »

— Philippe ?

Je traverse le boulevard. Sans Ursula.

— J'ai acheté des cuisses de grenouilles et de l'ail rose, ça te fait plaisir ?

— Beaucoup.

— Je vais te choyer.

Elle rit, mais son rire reste en surface. Elle veut m'étourdir. Me conditionner, peut-être.

— Laure est plus mal ?

— Non !... Drôle de question ! Pourquoi me demandes-tu cela ?

— Comme ça. Pour rien.

Et déjà, je regarde ailleurs. Je m'en veux d'avoir laissé Ursula sur le banc.

— Où vas-tu encore ?

Je cours. Je retraverse le boulevard. Pour une image.

2

Je m'attendais à découvrir une bâtisse ancienne avec porte centrale et escalier de pierre bleue. Comme dans les films. Sur la devanture, un grand parc sillonné d'allées. Ça et là, de hauts arbres. Quelques silhouettes éparses. Un va-et-vient impromptu d'infirmières à coiffe claire poussant des chaises à roues. Je voyais des bancs. Et sur l'un d'eux, un peu à l'écart. une forme immobile. Une femme. Ma femme. J'arrivais, souriant. Je m'arrêtais devant elle, les mains offertes. Et la malade me regardait. Sans me reconnaître. Impassible dans sa langueur. L'esprit aveugle. Le cœur en suspens.

... Tout est différent.

La clinique « Les Charmilles » est moderne, haute et blanche dans une clairière. Elle a des fleurs d'automne aux fenêtres. Pas de parc, mais un sous-bois propre où dominent les résineux. Un homme en tablier ramasse les feuilles mortes.

Le reste est beauté, silence.

Une porte d'entrée avec judas. Un hall. Et tout de suite, des pas. Le médecin. Plutôt petit, basané. Le regard franc. Élégant. Racé même.

— Patrick.
— Ève.
Ils s'embrassent, ne se lâchent pas.
— Le mari de Laure.
— Patrick, mon Patrick.
Ève l'embrasse une nouvelle fois.
— Bonjour, docteur !
— Bonjour, monsieur Jaujac !... Ravi de vous voir.
Il me tend une main. Ève m'entraîne. Elle annonce :
— Étage 1, chambre 7.
Une infirmière nous croise, salue d'un léger signe de tête. Une autre sort de l'ascenseur, nous dévisage, remarque Patrick et sourit.
Le 7.
— Entre seul... Laure sera surprise.
Ève se veut confidentielle. Elle redevient petite fille. J'entre. Un cri.
— Philippe !
Laure est déjà dans mes bras.
Ève s'avance, se joint à nous, rit, minaude. S'écarte.
La porte claque. Un rire haut se perd dans le couloir.
— Comment vas-tu ?
— Mieux, et toi ?
— Ça va.
— C'est dur ?
— Ça va.
— Parle-moi de Florence.
— Elle garde Socrate.
Laure sourit. Son sourire a perdu de sa tristesse. Elle a passé une robe neuve. Sans doute un cadeau d'Ève.

— Regarde.

Un piano trône dans un coin.

Déjà, Laure s'est assise devant les touches noires et blanches encore immobiles. Et j'ai peur d'une cacophonie nouvelle.

— J'apprends. Je me débrouille à peine. Tante Alouette m'aide.

Je me tais. A quoi bon lui demander qui est Tante Alouette.

J'ai hâte d'entendre ce que j'attends. Sans l'espérer vraiment. Et pourtant, j'entends. Et je vois.

Les doigts de Laure sautillent de touche en touche, hésitent, s'appliquent.

— Formidable !

Laure s'arrête de jouer, se tourne à demi.

— Vrai ?

— Vrai.

Elle rejoue, ralentit, repart. S'enhardit. M'oublie.

J'aime Laure.

Pourquoi a-t-il fallu qu'Ève ouvre la porte et que Laure, surprise, s'arrête de jouer ? Pourquoi Laure s'est-elle levée, au moment même, pour me sauter au cou ? Pourquoi, à cet instant précis, le « France Soir » est-il tombé de mon veston sur la moquette ?

Laure a aperçu la photo. Elle a lu la manchette :

« Ursula (11 ans) enterrée vivante »

Elle a crié : « Encore ? » Comme si elle attendait une réponse immédiate du ciel.

Laure a chiffonné le journal. Déchiré la photo.

Elle en a piétiné les morceaux. Elle criait : « Meurs, meurs, meurs ! »

Ève a pris Laure dans ses bras.

Je suis sorti des « Charmilles ». Sans revoir le Patrick d'Ève. Sans connaître la Tante Alouette.

Je marche. Je fuis.

Le couloir. L'ascenseur. Occupé. L'escalier. Le hall. Le perron. Une camionnette de chauffagiste. Un homme y rentre un aspirateur.

— Vous allez à Paris ?

— À Paris.

L'homme est jovial.

— Vous m'y emmenez ?

— Ça dépend où.

— À la première bouche de métro.

— D'accord !

Je suis dans la camionnette. J'observe le perron.

Personne.

— On y va ?

— On y va.

L'homme parle. Je l'écoute mal. Je dis « oui », « non », « c'est vrai ? » De temps en temps. Et ça lui suffit.

En fait, j'existe ailleurs. Loin de Fontainebleau. Loin de Paris. Je suis près de Céline. Avec Céline.

J'ai compris que la blessure de Laure se rouvrirait encore. Demain comme aujourd'hui. Que Laure n'avait pas besoin d'oubli, mais de vérité, de justice. Que sa chair criait vengeance. Et que j'étais là à regarder tomber des feuilles mortes et à respirer Paris. Comme un badaud d'août égaré en octobre.

— On y est.

— Merci... Adieu !

— Adieu.

La bouche de métro. La carte murale. Je note le trajet. Des gens. Un couloir. Ticket. Couloir. Gens. Odeurs. Bruits. Gens. La rame. Les Galeries Lafayette. Le riz brun Lustucru. Et de rame en rame, la gare du Nord.

Un train. Dans vingt-deux minutes.

Je me sens fort. Décidé. Invincible.

Sandwich. Saucisse chaude.

— Moutarde ?

— Moutarde. Et une bière.

Gens autres. Odeurs autres. Le vent.

Ticket. Pointage. Le quai.

Wagon. Couloir. Porte. Banquette. Et dans ma tête, une certitude : je sais à présent que je hais Buvrinnes.

3

J'ai rebranché le téléviseur et le magnétoscope. Ressorti la radio et l'électrophone.

Je repeuple la maison de voix et de musique. Le maire est venu prendre des nouvelles de Laure. Il a eu l'air étonné d'entendre la maison chanter. Il a dit comme pour excuser son étonnement :

— J'aime Montand, moi aussi.

Plutôt mal à l'aise, il a demandé :

— Vous avez vu « I comme Icare » ?

— Fameux.

— Et puis cette scène des décharges électriques...

— Géniale.

Le mot est sorti spontanément. C'était l'un des préférés de Céline. Mais déjà, dans ma tête, se réimpressionnait la scène-choc du film. Et sur la chaise, couvert d'électrodes, il y avait Buvrinnes.

Le maire a sans doute remarqué ma distraction, ma crispation. Il a toussé, remis son chapeau, puis il a déclaré, perplexe :

— On n'a pas trouvé grand-chose pour confondre Lazare.

Et il est sorti, en marmonnant : « Ce n'est pas une mince affaire. »

J'ai obtenu du journal un congé sans solde. Le Patron n'a pas rechigné. Il a simplement dit : « C'est normal », puis il a parlé d'autre chose. Olivier m'a préparé un dossier sur « L'Affaire Jaujac ». À ma demande.

J'ai besoin de reconsidérer les événements. Autrement. Avec le recul. Au delà du choc qui annihile la volonté.

Laure est soignée aux « Charmilles ». Son piano et Tante Alouette lui sont momentanément plus utiles que ma présence. Ève m'a appelé :

— Qu'est-ce qui t'a pris de partir comme ça ?

— Une folie.

— Quoi ? Tu débloques ?

Elle allait ajouter « toi aussi », mais elle s'est retenue au dernier moment. Avec une voix soudain sereine, elle a ajouté :

— Laure est redevenue calme. Elle souhaite que tu lui téléphones de temps en temps.

J'ai promis. Le caniche a pleurniché. Il y a eu dans l'écouteur un « pauvre chou, il sent que je vais partir en tournée », puis quelques minauderies d'artiste.

J'ai raccroché.

Florence a ramené Socrate. Elle a dit qu'elle avait cherché Léontine partout. Sans succès.

Elle a déclaré, sûre d'elle :

— Une tortue, ça s'enfonce dans la terre. L'hiver n'est pas loin. Alors...

Sans transition, elle a ajouté :

— Je suis contente de voir que vous allez mieux, monsieur Philippe. Votre voyage à Paris vous a fait du bien...

Florence a enfourché son vélo grinçant et crié en franchissant la grille :

— L'infirmière Barbara est venue pour vous voir. Elle repassera un de ces prochains soirs.

Le courrier redevient rare. Niagara a pris congé. Son jeune remplaçant m'a avoué, pressé :

— Niagara a reçu un blâme du percepteur. Pour manque de discrétion sur la voie publique et dans l'exercice de ses fonctions, comme il dit. Alors moi, quand on me parle de votre Affaire, je mets les bouts.

Et il les mit, poursuivi par Socrate probablement furieux de trouver une autre silhouette sous le képi.

Niagara : un brave homme, une sorte de Monsieur Hulot qui n'aurait pas connu Tati.

La solitude me soulage. Seule, la brûlure demeure.

Quelque part à Eching, une famille allemande ressent ma brûlure. Et peut-être vit-elle l'incendie de Laure ?

Si un meurtre a sa lave, il a aussi ses cendres.

Il vente. J'avance vers la Dôle. Avec un pot de peinture et une brosse à long manche. Les rues sont mortes, mais des rideaux tremblent aux fenêtres. Depuis que l'autre est revenu sur ses aveux, la peur et le doute ont ravivé les bouches.

Les tollés ne sont plus que murmures.

La Dôle. L'herbe qui meurt après les fleurs.

Le pont. L'eau sale. Et tout près, la croix, haute et noire.

Je vais la repeindre en blanc.

Je ne supporte plus le deuil.

4

Ils ont relâché Buvrinnes.

Laure l'a appris par la radio. Dès qu'elle m'a dit bonjour, j'ai compris qu'elle savait.

Je m'attendais à des plaintes. À un cri. Mais dans le téléphone, il n'y eut qu'une voix contenue, presque neutre.

— Il faut faire quelque chose. Pas pour moi, Philippe. Pas pour toi... Pour Céline !

J'ai dit :

— C'est une liberté provisoire.

Laure a repris sur le même ton monocorde :

— La mort, elle, est définitive.

La ligne s'est brusquement encombrée de parasites.

Laure a fait : « Allô ? Allô ? » plusieurs fois. La communication a été coupée. Aucun de nous n'a rappelé l'autre.

Je me sens piégé, trahi.

Depuis que j'ai lu le dossier d'Olivier, je porte en moi une déchirure. À défaut de certitude, mon doute se lézarde.

Si Buvrinnes n'était pas coupable, pourquoi lors de son arrestation n'a-t-il pas hurlé son innocence devant les caméras ?

Depuis cinq jours, il savait qu'une gamine n'était plus qu'une chair en morceaux dans un sac imperméable. À cause d'un couteau.

Olivier a souligné une phrase du dossier : « Lors de son interrogatoire, le chevilleur a déclaré que personne ne retrouverait jamais son couteau. »

S'il était innocent, pourquoi Buvrinnes a-t-il cru nécessaire d'enfouir son couteau sous quelque gazon de prairie ? Ou de le jeter dans les eaux noires de la Dôle ?

Si ses aveux lui avaient été arrachés par la force, comme il l'a prétendu plus tard, pourquoi lui aurait-on fait dire « qu'il ne voulait pas violer la jeune fille, mais simplement la déshabiller pour la regarder nue » ?

Une chaleur brutale m'envahit. Une vengeance me monte à la gorge telle une angine rouge. Un tueur d'enfant devrait avoir droit à la chaux vive, au néant. Les mains d'abord. Puis le reste. Lentement. La tête, la dernière.

... Je divague.

J'ai frappé dans la porte. Mes poings sont en sang.

Et je n'en ressens pas la moindre douleur.

J'ai ouvert la fenêtre, poussé le volet.

Dehors, tout respire : la terre, les arbres, la rue. Moi.

Il n'y a là que le noir encore incertain, et cette fraîcheur qui monte et vous emplit les narines, qui vous pénètre la poitrine et en ressort en soupir d'aise.

J'ai abandonné aux « Charmilles » ma douleur ancienne. J'ai l'impression de renaître dans la froideur. Avec des paupières fixes.

Vingt heures trente. Le chien est sorti. J'ai fermé les volets et les portes. Décroché le téléphone. Retiré la pile de la sonnette d'entrée.

Je suis prêt.

Ce soir, plus rien ne compte sinon le dossier de presse étalé sur la table.

Tout y est ou presque : les gros titres, une photo de Céline en première communiante. Ma tête, le matin de l'enterrement. Le cercueil. Les fleurs. Ève devant le trou. Des badauds attroupés. Les campeurs. Le portrait-robot. Le pont de la Dôle. L'herbe froissée. Puis Buvrinnes, tête basse et regard de borgne. Et plus loin, maître Goriot, une main levée, le menton haut tendu devant les flashes. Comme s'il s'apprêtait à tenir sur sa pointe le Tout-Paris en équilibre.

Olivier a « oublié » les photos de Laure.

Je souligne, découpe, trie, ordonne. Avec les ciseaux de Céline, les marqueurs de Céline. Je résume, annote. M'imprègne. Et quand le cœur toque soudain plus fort et que le sang se cogne aux tempes comme une eau qui bout sous un couvercle, je marche. Je veux comprendre, délayer le flou. Pour authentifier ou refouler ma haine. Pour ramener Laure au dialogue. Et peut-être à la raison.

Il pleut. J'ai mis du Mozart sur l'électrophone.

Minuit vingt. Les découpes ne sont plus qu'un puzzle de mots et de chiffres.

Dimanche 24 août :
C.J. 15 ans. Meurtre. Heure présumée : entre 16 h et 16 h 30.
Rive droite de la Dôle. À hauteur du pont.
Découverte du corps : vers 17 h par Jérôme Vanhal (12 ans), fils de Raymond, fermier à la Brèche-aux-Loups.
Sur les lieux : gendarmes, puis Parquet, substitut du procureur, médecin légiste.

Lundi 25 août :
Autopsie. Docteur Randour.
Égorgement. Blessures dans le dos. Pas de viol.
Arme du crime : non retrouvée (probablement un couteau très effilé).
Éléments de l'enquête :
— La victime s'est débattue. Elle a sans doute été attaquée par derrière.
— Vêtements du meurtrier vraisemblablement maculés de sang.
— Un bouton noir trouvé sous le corps.
— Dépositions de deux campeurs : André Dobranches et Marie-Louise Van Gendt, tous deux de Waterloo (Belgique).
— Aucun cri n'a été entendu.

Mardi 26 août :
— Portrait-robot établi selon les détails donnés sur le suspect aperçu par les campeurs, vers 15 h 30, le long de la Dôle. Le suspect portait des jumelles, des bottes, une casquette.

Mercredi 27 août :
— Nouvelles battues : sans résultat.

Vendredi 29 août :
— Arrestation d'un habitant de la localité : Lazare Buvrinnes, chevilleur de son état. Garde à vue.

Samedi 30 août :
— Le suspect nie. Trou dans son emploi du temps, le dimanche 24 août entre 15 et 17 h.

Dimanche 31 août, 5 h :
— Aveux « sans émotion ni remords ». Après une confrontation avec les campeurs.

Lundi 1er septembre :
— Aveux renouvelés devant maître Gérard de Largilière, juge d'instruction.
— Inculpation : homicide volontaire.

Mardi 2 septembre :
— Ferme de Hurlebise : perquisitions infructueuses. En présence de Buvrinnes.

Mercredi 3 septembre :
— Aveux rétractés.
— Confirmation officielle du défenseur choisi : maître Goriot, du barreau de Paris.

Silence.

Samedi 18 octobre : remise en liberté provisoire de Lazare Buvrinnes.

La pluie s'est tue. Un train passe derrière le bois d'En-Haut.

À cette heure, l'autre doit être dans son lit. Dort-il ?

S'il n'est pas coupable, qui est le tueur ?

Un tueur a-t-il vraiment, comme dans les films, une carcasse qui tremble ? Peut-il encore avec des doigts rouges se nourrir, se laver, se peigner, se raser, se composer le faciès d'un pseudo-honnête homme ?

Je sais qu'aux Assises, l'assassin de Céline n'aura pas une tête d'épouvante. Qui qu'il soit — Buvrinnes ou un autre — le « Monstre de La Brèche-aux-Loups » portera, dans le box, un costume et une chemise propres, une cravate sobre. On parlera de lui. Pour lui. On expliquera, par exemple, qu'il était, à l'école, un garçon soumis, docile, taiseux ; que, plus tard, il ne comptait que des amis dans la fanfare parce qu'il était bon musicien. Quelqu'un ajoutera peut-être qu'il le vit donner, à plusieurs reprises, du sang à la Croix-Rouge. D'autres témoins dûment convoqués défileront dans le prétoire. Souvent sans trop savoir que raconter. Parfois en relatant mal ce qu'ils auraient dû taire. Quelque maladresse ou naïveté déclenchera des rires. Le président usera du maillet, menacera la chambrée d'expulsion en cas de récidive.

Mais au premier rang, il y aura Jaujac. Avec ou sans Laure.

Avec Céline, dont on parlera peu.

Autre part, douze inconnus tirés au sort ne seront plus que des yeux et des oreilles. Ils verront, au-dessus de la cravate sobre, une tête moins méprisable qu'ils ne l'imaginaient. Celle d'un individu d'apparence ordinaire qui courbera le front. Par peur de la foule.

Ils entendront tempêter un Goriot, répliquer d'autres maîtres. Et bientôt, la présence du criminel paraîtra superflue, voire baroque dans le prétoire. Tout ne sera plus qu'orage oratoire et juridique.

Alors, sur sa chaise, au premier rang, Jaujac se sentira esseulé. Avec ou sans Laure, mais sans Céline. Le « monstre », camouflé sous une avalanche de mots et d'effets de robe, aura changé de peau. Il sera devenu victime. De la société. Et ainsi, le meurtrier de Céline n'aura plus de visage. Ni de mains.

... La pluie a repris. J'ai remis du Mozart sur l'électrophone. Socrate n'est pas rentré.

5

Dimanche. J'ai parcouru des rues et sentiers du village. Sur la mobylette de Céline. Qu'ils m'ont rendue.

Socrate est invisible.

Je suis devant la ferme de Hurlebise. Le mur d'entrée a été repeint. Derrière la grille, des chiens aboient.

Une voix de femme les rappelle.

Je fais face au chemin de terre longeant la Dôle. Les chiens se taisent. Des bruits de sabots.

J'ai sorti mes jumelles. Les jumelles de Céline.

Les chiens sont déjà revenus. Leurs aboiements redoublent. Je vois le pont. L'été, le maïs pousse à droite ; le champ sert d'écran à qui voudrait atteindre le pont sans être repéré.

Personne ne rappelle plus les chiens.

Je m'attarde. Je regarde la croix. Sans jumelles.

La mobylette pétarade. Je prends mon temps. Les chiens sont fous. Je repars.

La Dôle est haute. Les rives sales. L'herbe morte.

Le pont. Je ressors les jumelles.

J'aperçois la grille, les chiens. Et derrière eux, une femme. Immobile. Silhouette sombre qu'encadre le blanc des murs chaulés. Et que des barreaux découpent.

A-t-elle dormi, cette nuit, dans les bras de Buvrinnes ? A-t-elle laissé les mains de son mari lui caresser le corps ? Vit-elle dans la certitude ? Ou dans le doute ? Et qu'ont dit les enfants quand l'autre est rentré ?

Le clan a vendu des chevaux. Pour payer Goriot.

Le village le sait. De bistrots en magasins, ce ne sont plus que rumeurs et chuchotements. Quand j'entre quelque part, on parle d'autre chose.

C'est dimanche. Une cloche sonne.

Buvrinnes osera-t-il pénétrer dans l'église ? Affronter les regards ? Serrer des mains, peut-être ? Communiquer ?

La femme a disparu. Et les chiens l'ont suivie.

Je redémarre. Mais la croix peinte en blanc demeure.

La ferme des Vanhal. Large. Sans mur d'enceinte. Une cour pavée. Un parterre circulaire.

Raymond Vanhal est sur le seuil. Massif, rougeaud. Endimanché.

— Vous êtes Jaujac, le scriveux... Je vous ai reconnu tout de suite... Et puis, il y a la mobylette.

Il me fait entrer dans la pièce de devant, froide, propre.

Comme inhabitée. Je m'assieds dans un fauteuil.

Vanhal sort une bouteille d'eau-de-vie.

— Une bistouille ?

J'acquiesce d'un signe de tête.

Le fermier disparaît dans la pièce voisine et en revient avec une cafetière.

— Je suppose que vous venez pour parler de l'Affaire ?

Il n'attend pas ma réponse, sort deux bols d'un buffet, y verse le café bouillant.

— C'est du frais !

— Il sent bon.

Vanhal arrose le café noir de genièvre. Il me tend un bol.

— Le fils a été secoué en voyant ce qu'il a vu. Mais maintenant, ça va... À cet âge-là, tout passe vite.

Nous buvons.

— Vous n'êtes plus au journal, à ce qu'on raconte ?

— J'ai demandé un congé.

— Un cigarillo ?

— Merci. Je ne fume plus.

Il s'est installé dans l'autre fauteuil.

— La femme est à la messe basse avec le gamin... Nous n'avons que celui-là, mais c'est un brave petit... Et courageux avec ça !

Il ressert du café qu'il arrose. Puis il remet la bouteille de genièvre dans l'armoire.

— J'aurais peut-être dû me rendre jusque chez vous... Mais il y a eu des coups de fil et puis des lettres...

— Anonymes ?

— Oui... Et c'était pas beau à lire et à entendre...

Vanhal soupire. Je dis :

— Je sais ce que c'est.

— Vous aussi. vous...

— Oui.

Il respire, soulagé. Une complicité s'est tout à coup installée entre nous.

Des portières d'auto claquent dans la cour. Vanhal s'est levé. Il ouvre la porte.

Une femme entre, suivie du fils. Je reconnais le garçon. Sa tête figure dans le dossier.

— C'est monsieur Jaujac. Il est venu nous faire une petite visite...

La femme tend une main.

— Bonjour, madame !

— Moi, c'est Antoinette, et puis lui, c'est Jérôme.

Jérôme me tend une main, lui aussi. Il sourit, il me rassure.

Antoinette jette un coup d'œil au-dessus de la cafetière.

— Encore une tasse ?

— Non, merci.

Vanhal a décroché son chapeau d'un portemanteau à pattes de chevreuil. On le sent anormalement nerveux.

— Je vous laisse... Le curé n'aime pas qu'on arrive quand il prêche.

Il sort, rentre. Comme à regret.

— Vous aimez la chasse ?

— Non.

Il hausse les épaules.

— Ah bon !

Antoinette hoche la tête. Vanhal est enfin dehors. On l'entend courir. Mais l'auto ne démarre pas tout de suite.

— Il tire comme un pied. Jérôme l'appelle Tartarin.

Jérôme sourit. Il verse du café dans le bol de son père. Et le boit. Puis il s'assied devant moi. Par terre.

— Vous voulez savoir comment ça s'est passé ?

— Oui.

Antoinette a sursauté. Elle reprend les bols et la cafetière. Et ne sait où les poser.

— Je vais mettre la soupe à cuire.

Elle en profite pour s'éclipser. Comme soulagée. Jérôme décortique l'emballage d'un chewing-gum.

— J'allais traire les vaches dans la prairie. Alors, je passe sur le pont de la Dôle, et qu'est-ce que je vois ? Un vélomoteur rouge avec des fleurs sur le guidon.

Le gamin se fourre la tablette dans la bouche, la mastique puis reprend :

— Je m'arrête et j'aperçois par terre une robe à carreaux, des souliers... et une petite culotte de fille.

Jérôme a rougi. Il regarde ailleurs, fait mine de réfléchir avant d'ajouter très vite :

— Votre fille était dans le fossé avec plein de

sang sur elle. Elle se trouvait sur le ventre, toute nue. Alors, j'ai vite couru chercher ma mère...

Antoinette réapparaît.

— J'ai d'abord cru qu'il me faisait une farce. Mais quand j'ai vu le gamin pleurer, j'ai averti le père Vanhal. On a appelé notre médecin, puis les gendarmes.

Jérôme s'est levé, les yeux agrandis. Les doigts dans les doigts. Soudain sans contenance. Il a repris, pressé d'en finir :

— Le médecin est arrivé. Il a vu Céline. Il l'a un peu bougée. Alors, il a dit : « Aïe », en me regardant. Deux gendarmes sont arrivés en jeep. Ils ont demandé comme ça au médecin : « Un accident ? » Le médecin a fait non avec la tête. Moi, j'avais compris... C'est tout !

J'ai quitté le fauteuil et serré la main de Jérôme. Antoinette qui était rentrée dans la cuisine en est ressortie en s'essuyant les mains à son tablier.

— Vous partez déjà ?

Jérôme est sorti. Il a actionné l'avertisseur de la mobylette.

— Ah ! J'oubliais... Le docteur, il a dit tout bas aux gendarmes, mais j'ai tout entendu : ça, qu'il a dit, c'est un crime de gaucher.

Au moment même, j'ai entendu en moi comme un appel. Mais ce n'était peut-être que la voix de Jérôme qui criait : « Salut ! », dans la pétarade.

6

Socrate est rentré, à l'aube. Épuisé. Crotté. Avec une patte raide, désaxée. Rouge sale. Du sang s'était coagulé autour d'un petit trou rond. Juste au-dessus de l'articulation.

Le docteur Sandout est venu. Il a fait une piqûre calmante à la bête. Puis il a grogné, en ouvrant sa trousse :

— C'est une balle explosive.

Le vétérinaire a ligoté le museau du chien avec une cordelette. Et le nez de l'animal s'est mué en soufflerie.

— Préparez un peu d'eau chaude. Et un essuie-mains.

— De l'éther ?

— Non, j'ai ce qu'il faut.

Sandout a incisé la peau avec lenteur.

— Près de l'articulation, c'est délicat...

Il éponge le sang, tâte la peau.

— Je la tiens. Du moins ce qu'il en reste...

Sandout introduit une pince dans les chairs. Puis, brusquement, il exhibe un morceau de métal informe.

— Je l'ai.

Il nettoie, compresse, suture.

— Je vais lui boudiner la patte, c'est plus commode que le plâtre.

Socrate me regarde. Il a les yeux las.

— La bête va peut-être souffrir un peu dans l'après-midi. Donnez-lui ceci s'il a trop mal.

Le vétérinaire extrait un échantillon d'une sacoche et me le tend.

— Vous gardez la balle ? Elle peut vous être utile si vous portez plainte contre X.

J'ai dit :

— Un chien n'est plus qu'un chien.

Sandout a compris l'allusion. Il n'a pas insisté.

Depuis, Socrate dort.

Un bruit de moteur. Des pas.

Niagara entre. Sans frapper. Comme d'habitude.

Il claironne :

— C'est moi !

Je sors le calvados.

— Un doigt seulement. Dorénavant, sobriété et bouche cousue.

Il ricane. Et vide son verre. D'un trait.

— Comment ça va ?

Je remplis le verre.

— Buvrinnes, il est gaucher ou droitier ?

— Gaucher. Pourquoi ?

— Comment le sais-tu ?

— C'est simple. Tu sais que j'ai joué, dans le temps, à la balle pelote. Lazare prestait dans l'équipe.

— Et alors ?

— Il frappait la balle de la main gauche.

Niagara est debout. Il rajuste son képi. Soupire.

— Hier, il est venu à la grand-messe avec sa femme... Et avec sa belle-mère, la sourde. Quand ils sont entrés, je suis sorti en claquant ma chaise. Quelques-uns m'ont suivi.

— Vanhal ?

Le facteur qui tenait le verre en main l'a reposé, ébahi.

— Vanhal, oui. Qui te l'a dit ?
— Personne.
— Comment le sais-tu ?
— Comme ça.
Niagara a vidé son verre. Puis il est parti sans mot dire.
Socrate est éveillé. Il ne se plaint pas. Mais il tremble.
Il tend soudain l'oreille, s'agite plus fort.
C'est Florence.
— Socrate est blessé ?
— Une balle dans la patte.
Elle caresse le chien, lui parle. Socrate remue la queue. Il n'aboie jamais contre Florence.
— Au hameau, il y a des gamins qui tirent sur n'importe quoi.
Elle tait le retour de Buvrinnes. Elle fait l'enjouée, mais on la sent nerveuse. Outrée.
— Si vous avez besoin de nous, on est là.
— Je sais.
Elle observe les poissons rouges qui évoluent dans l'aquarium. Les apeure en tapotant sur le verre.
— Vincent vous remet son bonjour. Il a lâché Isabelle.
Florence se retourne.
— Et devinez avec qui il sort ?
Elle attend ma réponse qui ne vient pas et articule :
— Avec moi !
Elle rit trop haut, se détourne. Je souris. Florence est une bouffée d'hier.
Elle s'approche, se penche vers moi, m'embrasse le front. Fuit.
Je vais téléphoner à Laure.

7

J'ai ouvert. Elle a dit :

— Je suis Barbara... Bonjour, Philippe, tu me reconnais ?

J'ai bafouillé :

— Ah ! Euh ! C'est toi ?... Entre.

Elle a ri.

— Comment va Laure ?

— Mieux.

— C'est une question de patience.

— Elle apprend le piano.

— Ah !

Barbara a montré Socrate.

— Et lui ?

— Il a reçu...

— Je sais. J'ai rencontré Florence.

Barbara n'a pas changé. Elle virevolte, s'assied, se lève. Saupoudre le dessus de l'aquarium d'un nuage de puces d'eau séchées.

— Tu as dîné ?

— Non.

— Et si on sortait ?

Elle me regarde, les coudes posés sur un dos de chaise, insiste :

— Il faut réagir, vivre. Les gens...

— Je me fous des gens.

— Raison de plus. Sortons.

— Si tu veux.

Barbara conduit vite. Elle parle, fonce, freine. Invective. Elle me distrait.

— Tu connais « Le Manouk » ?

— Non.

— C'est un peu au delà de la frontière. Par l'autoroute, c'est facile. On y mange des côtes à l'os comme ça...

Elle lâche le volant, le rattrape. M'embrasse une joue.

— Tu as toujours ton Wellington ?

— Le foetus ?

Barbara pouffe.

— Non... Figure-toi, qu'un jour, j'ai recueilli un chien. Un boxer... Je l'avais appelé Gulliver.

La douane.

— Rien à déclarer ?

Barbara ne répond pas et enchaîne :

— Gulliver a culbuté le bocal et avalé Wellington.

Elle rit.

Le douanier a l'air ahuri. Il nous regarde, hésitant.

Barbara embraye.

— Au revoir, monsieur !

Et elle démarre.

— Le plus drôle, c'est que le lendemain Gulliver avait disparu. Alors, depuis, j'ai des chats. Je les appelle tous Gulliver...

Elle allume la radio, chante des lalala. Double. Triple. Se rabat. M'étourdit. Elle quitte l'autoroute, traverse des villages endormis dans le noir.

Je suis dans un autre monde. J'existe ailleurs. Mais je n'oublie pas Laure.

Le Manouk. Néon. Sourires. Odeurs. Un grill.

— Un apéritif ?

Barbara clame :

— Non. Deux !

Elle m'embrasse et annonce :

— Ce soir, c'est moi qui régale.

Le Manouk est chaud, propre, calme. Barbara circule, hèle le patron qui grille du lard. Me rejoint. Repart. Elle téléphone. Personne ne reconnaît ma tête.

Je me sens différent, moins vulnérable. Plus proche de Laure. Malgré la distance.

On boit, on mange. J'ai faim. C'est bon.

Le vin apaise Barbara, la rend mélancolique.

— J'ai beaucoup pensé à toi.

Je ne sais que répondre. Je dis :

— Je suis content d'être avec toi.

Elle me prend une main et la serre. Un moment.

— Un dessert ?

Barbara m'interroge du regard.

— Pas pour moi.

Elle répète :

— Pas pour moi.

— Un café ?

— Deux cafés. Noirs avec deux sucres !

Elle sourit, me souffle :

— Tu vois, j'ai de la mémoire.

Barbara redevient songeuse. Le passé affleure.

— L'addition ?

Nous retraversons les villages, retrouvons l'autoroute, la ville.

— Je soigne la femme de Lazare, depuis l'Affaire.

Je me tais. Mais cette révélation impromptue ne me déconcerte pas. Mon silence est une invite.

— Elle doit tout faire dans la ferme, même la lessive.

— Et avant ?

— Avant, elle avait Marie, une veuve du hameau d'En-Haut. Depuis l'arrestation de Lazare, on ne l'a plus revue à Hurlebise.

La Brèche-aux-Loups. La grand-place. L'église et le cimetière. Ma rue. La maison.

— Merci.

Je l'embrasse. Elle me retient. Me glisse :

— Tu ne m'invites pas à prendre un dernier verre ?

Je me dégage.

— Une autre fois.

Elle repart, déçue. À grands coups d'avertisseur. Une fenêtre s'éclaire dans la rue. Puis une autre. Socrate aboie. Je suis content de retrouver mon chien, mes meubles. De voir dans le bas de l'armoire des pantoufles de Laure. Et sur la porte d'une chambre du haut, la tête d'Elvis.

Je m'assieds sur le lit. Et déjà, une voix s'élève :

« Sans cesse à mes côtés s'agite le Démon... »

Les mots me sont connus. La voix seule me suffit.

Dans son coin, une Bécassine en tissu me fixe.

Demain, j'irai voir Marie.

8

Le hameau d'En-Haut domine La Brèche-aux-Loups. Les habitants sont peu nombreux. Ils sont différents des villageois du centre. Peut-être parce qu'ils se connaissent tous.

— La Marie ? La veuve Pecqueur, quoi...

Le vieux qui coupe son bois me scrute, me jauge. Il crache une salive brune, s'essuie la bouche à une manche de sa veste et tend un bras vers un hangar.

— Vous contournez la scierie. C'est la quatrième maison à gauche. Il y a une ancre de bateau sur la façade...

Le vieux choisit une bûche, la pose sur un bloc.

— Pecqueur, nous, on l'appelait « le marin » à cause de sa casquette de capitaine... Faut dire que c'était pas un vrai capitaine !

Il aiguise le tranchant de sa hache avec une pierre, puis ajoute, malicieux :

— Pecqueur était plombier-zingueur à la Carbo-Chimique.

Je remercie le vieux qui ne me regarde plus. Il fend la bûche d'un coup sec. Puis une autre. J'ai cessé de l'intéresser.

La scierie. Des maisons. La maison de Marie. L'ancre.

Je sonne.

Des pas. Marie entrouvre le grillage de sa porte.

— C'est pourquoi ?

— Je suis Philippe Jaujac, le papa de Céline.

Marie hésite. Me dévisage. Je lui souris. Elle enlève une chaîne, ouvre la porte.

— Entrez... Ne regardez pas au déluge. Je fais le nettoyage d'hiver.

On devine que Marie est proprette. Comme tous les gens d'En-Haut. Et que son désordre obligé n'est que provisoire. Elle débarrasse une chaise des vêtements qui l'encombrent.

— Une tasse de café ? Il est du matin.

J'acquiesce.

Marie sort une bouteille thermos et remplit deux tasses.

— Du lait ?

— Je préfère le café noir.

— C'est comme moi... Un sucre ?

— Deux.

Elle répète : « Deux ? » puis sourit et ajoute :

— Ça, c'est pas comme moi.

Elle me sert, s'assied. M'interroge du regard.

— Vous avez travaillé à la ferme de Hurlebise.

— Ah ça, oui ! Pendant onze années, mon bon monsieur.

Marie s'est crispée. Sa tasse de café est agitée d'un tremblement à peine perceptible. Mais elle tremble.

— Et vous avez quitté la maison le jour où ma fille a été tuée, c'est bien ça ?

Marie a déposé sa tasse. Elle me toise, soupçonneuse. Se lève.

— Pourquoi vous me demandez toutes ces choses ?

Je ne sais que lui répondre. Elle devine mon désarroi.

— Vous essayez de connaître la vérité, hein ?

— C'est un peu vrai.

Marie ouvre une armoire. Elle en sort une boîte dorée.

— Un biscuit ?

Elle me tend la boîte. Je choisis une rondelle fourrée.

— Prenez-en deux.

J'obéis. Elle se sert. Reporte la boîte dans l'armoire.

— Je n'ai pas quitté la ferme, ce jour-là. J'en suis partie le 29 août, un vendredi.

Marie a croqué un biscuit, elle le mâchonne un moment et ajoute, sans me regarder :

— Je ne faisais que le manger et la lessive.

Elle a appelé son chat. Et le chat est sauté sur son tablier.

Elle écrase un bout de biscuit dans la paume d'une main. Et le chat lèche les miettes.

— C'est un chat des Buvrinnes. Une brave bête !

Je me tais. Je pressens chez cette femme seule un besoin de se confier, de révéler ce qu'elle garde sur le cœur depuis le jour où les gendarmes sont venus arrêter son patron.

Marie retourne à l'armoire, ouvre un autre tiroir, en sort une coupure de journal.

— Vous voyez, je suis au courant. Quinze ans qu'elle avait, hein ?

— Quinze ans, bientôt seize.

Marie replace la coupure dans le tiroir et se retourne tout à coup :

— Je vais vous dire une chose. Mais il faudra la garder pour vous. Juré ?

— Juré.

Elle se dirige vers la porte, en referme la partie grillagée. Me rejoint. S'assied et entame son second biscuit.

— À la ferme, je faisais la lessive tous les lundis, et toute seule.

Marie approche son visage du mien et me souffle :

— Le lundi 25 août, quand je suis arrivée, le matin comme d'habitude, madame a dit qu'elle avait fait la lessive hier soir. Pour passer le temps, qu'elle a ajouté.

Marie se lève, plus calme.

— Alors, quand j'ai vu la police emmener monsieur, j'ai tout compris... Et je n'ai plus remis les pieds à Hurlebise.

Je suis debout, à la fois surpris et décontenancé.

Marie se tient près de la porte.

— Maintenant, vous savez tout.

Elle a repris son aplomb, ses distances.

Je risque :

— Mais Buvrinnes a été relâché ?

Marie hausse les épaules, ouvre la porte et lance :

— Pour moi, c'est tout comme. Dans ma tête, rien n'a changé.

Je sors.

— Madame Marie ?

— Quoi encore ?

— Lazare, il avait des jumelles ?

Marie sursaute. Me dévisage. Se plisse le front.

— Oui, depuis l'algarade des foins...

— L'algarade ?

Je suis sur le trottoir. Marie a déjà refermé la porte.

Tantôt, j'aurai des choses à dire à Laure.

9

J'ai revu Fernand, le gendarme. À l'issue d'une conférence qu'il donnait au cercle apicole. Il m'a ramené chez lui et montré son rucher. On a parlé. D'abord des abeilles. Ensuite de l'Affaire. Fernand a expliqué :

— Je ne suis pas enquêteur, mais avec l'âge j'ai quand même un peu l'habitude. Pour garder un suspect en prison, il faut des preuves... ou du moins des indices graves et concordants.

— Tu as été l'un des premiers à te trouver sur place, non ?

— Oui.

— Avec le médecin de famille des Vanhal ?

— Oui... Où veux-tu en venir ?

— Le médecin a bien dit : « C'est un crime de gaucher », juste ?

Fernand a pâli, mais il a répété :

— Juste.

Il a décapsulé une bouteille de bière et demandé :

— Qui t'a dit ça ?

— Peu importe.

Il a versé la bière dans un pot de terre. Lentement. Comme s'il en profitait pour réfléchir. Il a hoché la tête puis il a repris :

— C'est le médecin légiste qui s'est occupé des constatations. Pas l'autre... Rien de plus normal ! Et puis, Lazare, il n'est pas le seul gaucher du patelin.

— La femme de Buvrinnes a lessivé le dimanche soir, alors que...

Fernand a soupiré :

— Ce que je sais, c'est qu'on n'a pas retrouvé à Hurlebise un seul vêtement taché ni le moindre couteau ensanglanté.

Il a répété, un peu agacé :

— Il faut des preuves matérielles.

— Et le bouton noir sous le corps de Céline ?

— Oui, j'admets que c'est troublant... Mais des boutons noirs de veste de toile, on en trouve partout, chez la boutiquière, au supermarché... On a même découvert un crayon dans l'herbe, un crayon à l'aniline ! Mais avec maître Goriot, il faut trouver du plus solide...

Fernand a levé son pot, il a dit : « Santé ! » J'ai dit : « Santé ! » et nous avons bu la bière en silence.

Puis Fernand a murmuré, pensif :

— C'est comme pour le couteau, son fameux couteau... Il a d'abord crâné, le Lazare, et prétendu qu'on ne le retrouverait jamais. C'était un aveu... Et après, il a expliqué qu'il avait affirmé ça parce qu'il avait perdu son couteau, qu'il l'avait cherché partout et que si lui, Buvrinnes, ne l'avait pas retrouvé, personne d'autre ne pourrait le faire...

Je me suis levé brusquement. Comme si soudain quelqu'un m'arrachait à la chaise et voulait me pousser dehors. Et je suis sorti. Fernand n'a pas protesté. Ou du moins je n'ai rien entendu. Jamais la mobylette de Céline n'a autant pétaradé qu'à ce moment-là.

Il faut que je revoie Barbara.

Ève a téléphoné de Bordeaux. Elle est ravie. Elle a susurré :

— Mon Ionesco fait un tabac... Un ta-bac !

Elle a ajouté, d'une voix normale :

— Je prends des nouvelles de Laure tous les jours. Elle revit. Et toi ?

— Moi, ça va.

Ève a crié à quelqu'un un « attends-moi, mon chou, j'arrive », puis pressée, elle a précisé :

— Laure est contente que tu t'occupes enfin de votre Affaire. Elle ne parle plus que de cela... Hier, c'était le gaucher, et ce matin, la lessive...

J'ai raccroché.

Socrate se déplace sur trois pattes. Et ses yeux restent affligés. Florence vient le soigner. De temps en temps, elle se réfugie dans la chambre de Céline. Et la pièce devient musique. Comme avant.

Tantôt, elle a remplacé Elvis par les Rolling-Stones.

Le bois jaune a changé de visage. La chambre aussi. Florence a déplacé le lit, la table et Bécassine.

Je la laisse agir.

Je la comprends. Je la devine. Mais je fais mine d'être autre part. Même son baiser sur le front est devenu une habitude.

Un bruit de moteur. Des freins qui crient. Une portière qui claque. Des pas.

— Bonjour, Wellington !

Barbara rit. M'embrasse sur la bouche. Caresse Socrate. Gave les poissons de puces. Et s'effondre sur le divan.

— Je suis morte. Et j'ai soif !

— Un rosé ?

— Si tu veux... Ainsi, tu as eu un remords, tu as voulu me revoir ?

— C'est à peu près cela.

Elle boit, pousse un soupir d'aise.

— Comment va Laure ?

— De mieux en mieux.

Barbara se lève, s'approche, me fait face. Son haleine chaude me balaie la figure.

— Que veux-tu encore savoir ?

Elle n'est pas dupe. Elle sent qu'elle n'éveille pas en moi le désir espéré. Et que mes préoccupations sont autres.

— À l'époque des foins, as-tu été appelée à la ferme de Hurlebise ?

Barbara demeure bouche ouverte, ébahie.

— Où as-tu appris ça ?

— Peu importe. Alors ?

— Oui... Lazare avait voulu prendre sa femme de force sur la prairie. Catherine n'a pas voulu. Elle s'est sauvée... Il faut dire qu'elle se refusait à lui depuis un bout de temps.

— Et pourquoi ?

— Elle disait que quatre enfants, c'était suffisant.

— Et la pilule ?

— Catherine, c'est une sainte. Elle ne rate pas un office. Dans sa chambre, au-dessus du lit conjugal, il y a un chapelet de buis à gros grains...

— Et après ?

— Lazare l'a poursuivie, furieux. Il a enfoncé la porte de sa chambre... Et il s'est blessé au coude et à l'épaule.

— À l'épaule gauche ?

— Oui, à la gauche.

Barbara a marqué un temps, étonnée, puis elle a ajouté :

— Alors, Catherine m'a appelée pour soigner Lazare prostré sur une chaise.

Barbara s'est rassise. Elle s'est massé les chevilles. Elle a relevé la tête et dit :

— Le lendemain, Buvrinnes réparait la porte.

— Il prenait des mesures ?

— Peut-être... Je ne sais plus.

— Avec un crayon ?... À l'aniline ?

— Est-ce que je sais, moi ? C'est une bête question !

Barbara a rabattu la capuche de son manteau, agité un trousseau de clefs et demandé, perfide :

— Tu n'as plus besoin de moi ?

J'ai essayé de lui sourire. Elle a ouvert la porte et m'a lancé, avec une sorte de compassion :

— Les relaxants psychiques, ça existe !

Et elle a affronté le vent froid. Après avoir claqué la porte. Par dépit.

J'ai téléphoné à Laure.

10

Pourquoi, à cet instant précis, ai-je changé de touche ? Une impulsion.

Sur l'écran du téléviseur, une main. Et dans la main, entre les doigts, serrée, une seringue.

Feuilleton américain. Sous-titré. Une cave. Un homme étendu sur un lit plat. Yeux clos. Les pieds liés. Les bras écartés. Liés, eux aussi. Une lanière immobilise le cou.

J'ai branché le magnétoscope. Un réflexe.

Deux autres hommes sont près du lit. L'un d'eux tient la seringue ; l'autre s'occupe d'un baxter accroché à une solive de la cave.

Un bras nu a grossi sur l'écran. Et l'aiguille a jailli, s'est plantée sous la peau. Au pli du coude.

J'ai éteint le téléviseur. Pas le magnétoscope.

Je suis en nage. Une sueur subite. Malsaine. J'ai l'impression que l'aiguille de la seringue s'est figée dans la tête. Par les yeux.

Je suis dehors. Pour tenter d'oublier le bras, la seringue, le baxter. Le sérum de vérité.

Socrate me suit, sur trois pattes. Il jappe. S'ébroue. S'écroule. Se relève. Repart.

Le vent est fort ; il balaie la rue où s'affolent des feuilles mortes. Certaines fenêtres ont des reflets bleuâtres ou colorés.

J'avance.

Sur la place, l'étalage de l'électricien. Des écrans. Allumés. Insonores. L'homme allongé a maintenant les yeux ouverts. L'homme au baxter lui parle. L'autre brandit le micro d'un magnétophone portatif.

L'homme du lit balbutie. En gros plan. Les sous-titres défilent. Je ne les lis pas. Je ne vois qu'un visage. Celui du borgne.

Je cours. Vers la maison. Socrate halète. Je me sens soudain léger. Agréablement chaud. Une joie sauvage m'envahit, me secoue, me sort des lèvres en rires hauts.

Je suis désencombré. Désormais disponible.

Je veux savoir. Ce que ceux qui devraient savoir ignorent. Peut-être.

J'ai replacé la pile de la sonnerie. Et me suis rasé de près. Je me sens neuf. Opérationnel, comme disait le patron du journal. Je vais reprendre une vie normale. Sans va-et-vient inutiles. Me taire. Réapprendre à me confondre avec les autres. À colmater ma fêlure. Pour mieux frapper. À l'heure dite. Et savoir. Savoir.

J'ai déjeuné en ville. Calmement, avec appétit.

Je pense, évalue. Suppute. Je m'exalte. Me décourage. Exulte. Je vis de rêve et de raison.

Sur un carton à bière, j'ai noté trois mots : seringue, sérum, baxter.

— Trois seringues.

La pharmacienne m'a regardé par-dessus ses lunettes. Elle a dit : « Bien, monsieur ! » avant de demander :

— De combien de centimètres cubes ?

Elle a remarqué mon embarras.

— 5 ? 10 ? 20 ?

J'ai dit : « 20 ! ».

Elle a répété : « Bien, monsieur ! » avec une voix chantante.

— Ce sera tout ?

Je paie. Je sors. Je marche. Je serre le paquet dans une poche de mon manteau.

La Dyane. Je sue en dépit de l'air glacial.

Le volant. Je sors le paquet de ma poche. Le

palpe. Plutôt content. Et l'instant suivant, je me trouve stupide.

Je quitte l'auto. Le trottoir. Un bistrot.

J'entre.

— Un jeton.

— C'est dans la zone ?

— Non... Paris.

Le barman actionne un compteur.

— Cabine 2.

Je me trompe. Raccroche. Refais le numéro.

— Allô ? Les Charmilles ?

Une voix me répond un oui lointain. Je parle.

La voix répète :

— Laure Jaujac ? Oui... De la part de qui ?

Je dis mon nom. La voix fait : « Ah oui ! », me prie de patienter. C'est déjà une habitude. Un rituel.

Il y aura quelques craquements. Peut-être un ou deux « ne quittez pas » puis Laure dira : « C'est toi, Philippe ? »

— Allô ? Monsieur Jaujac ?

— Oui.

— Votre femme se promène avec Tante Alouette. Je la fais quérir... Merci de patienter encore.

J'attends. Le juke-box beugle. Deux gamines s'agitent devant un flipper. Le patron joue aux dés avec un client.

— C'est toi, Philippe ?

Laure. Essoufflée. Contente. La voix claire.

— Tu as couru ?

— Oui.

Elle rit.

— Où es-tu ?

— En ville. Je fais des courses.

— Des courses ?

— Je t'expliquerai.

— Ève me téléphone tous les midis. Patrick, enfin, le médecin est allé la rejoindre à Montélimar.

On entend une autre voix essoufflée. Laure rit de plus belle.

— C'est Tante Alouette... Elle n'a pas pu me suivre.

— Et ton piano ?

— Je joue « Lettre à Élise »... jusqu'au bout... Tu sais, c'est le Beethoven que Céline jouait les yeux bandés... Pour nous épater !

Laure ne rit plus. Sa voix a perdu toute gaieté.

Je dis :

— Bon ! Je vais te quitter.

— Quand viendras-tu encore me voir ?

— Pour le moment, j'ai beaucoup à faire.

— Ça concerne ce que tu sais ?

— Oui.

— Et les courses en ville ?

— C'est pour ça aussi.

— Tu ne veux rien me dire de plus ?

— Non. Plus tard !

Laure a déjà retrouvé sa voix claire. Elle survit de mon espoir.

— Une bière pression.

Je ne peux plus reculer. Même si mon projet est folie.

Je n'ai pas le droit de décevoir Laure.

Plus que deux mots sur le carton à bière : sérum et baxter.

Le bibliothécaire a compris tout de suite ce que je souhaitais apprendre. Il m'a apporté un traité de médecine. Il a dit, amusé :

— Ce n'est pas courant qu'on me demande ceci, mais après le film d'hier soir, c'est logique.

Il a ajouté gaiement :

— Bon travail !

Puis il a disparu derrière des rayons.

« Penthiobarbital... Penthotal... barbiturique... voie intraveineuse... narcose « liminaire » ... narco-analyse... investigation de l'inconscient... subnarcose... »

Des mots émergent du jargon médical. S'attardent. Me déconcertent.

Sur le récepteur de télévision, tout paraissait simple : l'aiguille dans le pli du bras, le baxter qui goutte... Et l'autre qui parle.

Je me sens neutralisé. Sans force. Comme si je me trouvais au pied d'une falaise droite. Sans pic. Sans corde. Sans grappin. Une lassitude ancienne m'englue.

Je tourne une page. Et tout à coup, un mot s'expulse des autres, m'atteint. Me fascine : « vétérinaires ». Autour, d'autres mots. En petits caractères. Je lis, relis la phrase. Elle s'imprime. Me rive la mémoire. Je décrypte une banalité, et celle-ci me ravit. Me ravive.

> « Le Penthiobarbital dont le synonyme le plus usuel est Penthotal, communément appelé « sérum de vérité », est d'usage courant chez les vétérinaires appelés à une pratique fréquente de l'euthanasie animale. »

J'ai rendu le traité au bibliothécaire.

— À votre service !

La Dyane. Je fonce. Je rentre abriter mon secret. La patte boudinée de Socrate est un talisman. Je palpe la poche de mon manteau d'hiver. J'ai besoin de toucher la boîte de seringues.

Je sais que les aiguilles ne resteront pas sèches.

Ma rue. Je sors de l'auto. Je pense à Céline. Je l'entends.

— Bonjour, monsieur Philippe !

C'est Florence.

11

Sandout a tâté la patte blessée. Il a déroulé le pansement boudiné. Sali. Il a préparé une seringue et retiré une boîte d'ampoules d'une armoire à vitrine.

— La bête n'a pas trop souffert ?

— Pas trop.

Le vétérinaire a enfoncé l'aiguille dans une cuisse du chien. Il m'a demandé de patienter quelques minutes dans la salle d'attente. Socrate a uriné sur la table.

Deux chats. Deux femmes. Un homme et un perroquet.

Socrate. Moi.

La salle d'attente, comme le cabinet de consultation, donne sur une arrière-cour. Les deux pièces sont en prolongement d'une pharmacie. Celle de madame Sandout.

Socrate s'endort. Le perroquet s'ébroue. Une femme fait la parlote avec son angora. L'autre parcourt une revue chiffonnée.

— Monsieur Jaujac ?

Les trois têtes sursautent. Six yeux me fixent.

Sandout, par jeu, taquine le perroquet. Qui becquette le doigt caoutchouté. Une femme rit haut.

Je rentre dans le cabinet. Une porte donne accès à l'arrière-cour. Dans la serrure, une clef ordinaire. Aucune chaîne. Pas de verrou.

Le vétérinaire désinfecte la plaie.

— L'inflammation est plutôt minime. Mais l'enflure est conséquente.

Il presse la peau aux poils rasés. Bleuâtre. Il s'attarde à l'articulation. Socrate ne réagit pas. Il entrouvre de temps en temps les yeux. Les referme. Presque aussitôt.

L'armoire. Une étagère. Des bocaux étiquetés.

— Je vais lui radiographier l'articulation. C'est plus prudent. Aidez-moi.

Nous sommes sortis peu après du laboratoire.

J'ai dit :

— Vous avez regardé le film américain, avant-hier, à la télévision ?

Sandout a enlevé son tablier antiradiation.

— Je regarde rarement la télévision. Je préfère lire.

— C'était une histoire de sérum de vérité.

Le vétérinaire a haussé les épaules. Il s'est avancé vers l'étagère. Et il m'a tendu un bocal aux trois quarts plein.

— Le sérum, c'est ça... Déçu, hein ?

Sandout a ri. Il a ôté ses gants de caoutchouc.

— Le Penthotal a diverses autres appellations selon les laboratoires de production : Pentale, Panbule, Sombutal...

Il a reposé le bocal sur l'étagère. J'ai vite mémorisé le mot de l'étiquette : Nembutal.

— Je m'en sers pour piquer les bêtes incurables.

Sandout se dirige vers le laboratoire.

— Je développe le cliché, et je suis à vous.

Il referme la porte.

Je suis seul. Enfin.

J'ai ôté le collier de Socrate. Je le glisse sous l'armoire.

La clef de la porte de la cour est dans ma poche.

Mon sang-froid m'étonne.

J'attends.

De l'autre côté du mur, le perroquet tempête.

Sandout réapparaît. Il tient un cliché luisant au bout d'une pince. Il l'expose à la lumière d'un négatoscope plus petit que celui du journal. L'observe. Me dit d'approcher.

— Les petits fragments de balle sont assez nombreux. L'articulation, elle, me paraît intacte... Et c'est l'essentiel.

Il exhibe le négatif, me situe les minuscules morceaux de métal. Il suit avec un doigt les os de l'articulation. Mais mon esprit est ailleurs.

Le perroquet criaille de plus belle. Déjà, Sandout reboudine la patte.

— Et pour l'inflammation ?

— Je vais vous prescrire un produit.

Socrate a les paupières lourdes. Il émerge à peine de son demi-sommeil.

Je paie. Le vétérinaire me tend une ordonnance. Celle que je voulais. Pour que madame Sandout ait l'occasion de me voir. Avec mon chien.

— Au revoir, docteur.

— Au revoir... Au suivant ! Entrez, monsieur.

Le perroquet se tait.

Je suis dehors. Sans le collier. J'entre dans la pharmacie. Tout s'est déroulé comme prévu.

Il est seize heures onze.

Dix-sept heures quarante. De la Dyane, j'aperçois la pharmacie. La voiture de Sandout n'est plus sur l'avant-cour. En principe, dès dix-sept heures, il se rend à domicile. Surtout dans les fermes.

L'officine est déserte. Il reste vingt minutes avant la fermeture. Mon cœur toque. Je serre entre les doigts deux clefs. Identiques. Celle de la porte de l'arrière-cour. Et son double. Une Peugeot s'arrête sur le gravier. Je suis déjà hors de la Dyane. Je me presse.

J'entre dans la pharmacie. Juste avant l'homme à la Peugeot.

Dans un bol, madame Sandout malaxe une mixture avec un pilon. Elle me sourit. Me reconnaît.

Je parle. Vite. Je lui explique que son mari a soigné Socrate, tout à l'heure, et que depuis, je ne retrouve plus le collier de mon chien, que c'est embêtant et que peut-être, je l'ai oublié dans le cabinet de consultation.

La pharmacienne hésite. Regarde l'homme à la Peugeot.

— Vous permettez un instant ?

L'autre permet. Je suis la pharmacienne. Dans le couloir, je parle. Je lui raconte que Socrate n'a pas souffert, que monsieur son mari est adroit et qu'il exerce là un bien beau métier. Elle répond : « oui, oui. » De temps à autre.

Elle a poussé l'interrupteur. Et jeté un bref coup d'œil circulaire. Elle dit, un peu agacée :

— Je ne vois rien.

Je lui masque la porte de l'arrière-cour. Elle aperçoit la radiographie. Suspendue à un fil. Par une pince à linge.

— À moins que dans le labo...

Elle disparaît dans la pièce voisine.

Je tousse en glissant la clef dans la serrure.

— Je l'ai, madame !

Elle revient. Me voit à genoux près de l'armoire. Avec le collier en main.

— Eh bien, c'est parfait !

Madame Sandout sourit, soulagée. Je me confonds en excuses.

Elle répète : « C'est rien, c'est rien... »

Elle marche à petits pas pressés.

Je dis :

— Le week-end s'annonce froid.

La pharmacienne contourne le comptoir.

— Je préfère le froid à la pluie, surtout en Bretagne. Nous nous y rendons demain.

Elle rit. Je salue l'homme à la Peugeot, le remercie de sa patience.

— Bon week-end !

— Merci.

Je sors. En nage. À la fois content et inquiet. Le week-end de la Toussaint figurait dans mon plan. Le départ en Bretagne changeait tout. Je serre, dans une poche, un double de clef. J'agirai plus tôt que prévu. Demain. Dans la nuit.

12

Niagara a jeté une lettre sur la table. Et il s'est assis lourdement dans un fauteuil. J'ai reconnu tout de suite l'écriture petite et fine de Laure. Sur l'enveloppe bleue.

Le facteur a avalé son calva, d'un trait. Il a déclaré avec un soupir de satisfaction :

— Ce matin, on sent où ça passe. On en a bien besoin par ce froid de canard !

Et il a rempli son verre. A ras bords.

Niagara a dégrafé son anorak, trempé ses lèvres dans l'alcool avant de grogner :

— Lazare a repris ses habitudes. On l'a revu au « Café des Étangs ». Le patron, Edmond, lui a fait comprendre que, depuis le temps, on avait complété la table de whist.

Niagara a lampé le calva, humé le verre, puis il a poursuivi, d'une voix moins bougonne :

— Alors, Alex, le pontonnier, s'est levé. Il a

voulu céder sa place au borgne. Edmond n'était pas d'accord. Il a proposé de jouer la partie à cinq, avec un mort à chaque donne. Lazare s'est contenté de maugréer : « On verra samedi », et il est sorti sans dire au revoir, comme en colère.

Le facteur s'est remis debout. Il a tapoté une vitre de l'aquarium. Il a regardé un moment les poissons zigzaguer dans l'eau. En refermant la fermeture éclair de l'anorak, il a dit :

— Lazare n'a pas traversé le village. Il est venu au bistrot d'Edmond par le sentier des Fontaines... M'est avis qu'il doit mal dormir, le Buvrinnes !

Et il est reparti sur sa Honda neuve. Il était huit heures douze. Il est neuf heures trente-huit.

J'ouvre l'enveloppe bleue. Entre les feuillets pliés, Laure a glissé une feuille morte. En forme de cœur. Son écriture est redevenue plus régulière. Et les mots me tranquillisent. Ève a fait relâche. Patrick a autorisé Laure à regagner Paris. Durant trois jours.

L'achat d'une nouvelle robe d'hiver est un événement extraordinaire. « Je la mettrai pour toi dès mon retour. » Suit un dessin maladroit de la robe. Avec deux flèches et deux légendes. Quatre pages, et pas un mot du piano ni de la tante Alouette. C'est un signe.

En post-scriptum : « Je suis en pensée avec toi, quoi que tu fasses. » Laure a souligné trois fois « quoi que tu fasses. » Et quatre fois les bises d'usage.

Attendre. Attendre le soir. Le noir. Parce qu'il le faut. Par à-coups, une angoisse me court le long de l'échine. Se distille au niveau de la nuque. Ressort en moiteurs. M'agite. Me crispe. Alors, je regarde la photo de Céline. Souriante dans son cadre de bois plat. Je me force à revoir Laure singeant Céline devant des touches noires et blanches. J'entends la cacophonie. Je poursuis la jupe ocre criard le long de la Dôle, je rejette le chapeau à fleurs dans l'eau noire, lente. Je pense à Ursula d'Eching. Et je me ranime.

Florence me manque. Depuis son départ, hier, en classe de mer, la maison reparaît sans âme.

Socrate ne sort plus. Ou presque. Il dort. Mange peu. Aboie moins. Le hameau bruit derrière les peupliers nus. L'express de dix heures. Encore sept cent vingt minutes d'attente. Selon le plan.

Onze heures vingt-six. La chambre de Céline. Sans voix. Sans musique. Je dessine une ligne bleue sur un bras de Bécassine. À la pliure du coude.

J'ai rempli d'eau l'une des trois seringues. Je perce la ligne bleue. Du bas vers le haut. J'injecte l'eau.

Je me rassure.

La cuisine. Trois œufs qui crépitent. Sel. Poivre. Pain. À cette heure, les Sandout rêvent de Bretagne en octobre. Lui, devant le dernier chat ou chien de la matinée. Elle, parmi ses boîtes alignées par ordre alphabétique.

Sans doute, comme moi, regardent-ils leur montre plus fréquemment que d'habitude ?

Treize heures trente-quatre. Le carillon de Rosalie. Son « Stille Nacht » qu'une voix interrompt pour vanter quelque merlan ou cabillaud en réclame. L'été, Rosalie vend de la crème glacée. Et son carillon massacre « Les Bateliers de la Volga ».

Le jardin est immobile sous le froid. Comme une épave informe sur une plage lointaine. Et les arbres sont laideur. Je vais essayer de dormir.

Une ambulance. Sa sirène qui bruit, hurle et meurt.

Dix-sept heures cinq. J'ai dormi.

Le vendredi, Sandout ne se rend pas à domicile. Sauf s'il est de garde. C'est écrit sur la porte d'entrée.

Je nettoie l'aquarium.

Les top radio de dix-huit heures. J'écoute Chaput sur RTL ; mais ce soir, les nouvelles du monde m'indiffèrent.

J'arpente le salon. Socrate s'étire. Sort du panier d'osier. S'avance, malhabile, vers son écuelle de lait.

Les poissons, ravivés, tourbillonnent dans l'eau propre. Il ne manque que Léontine. Dort-elle sous la terre du jardin ?

Florence le croit. Avant l'hiver, Céline préparait, à la cave, une caisse de paille et un bol d'eau. La tortue s'en accommodait. Après les froids, Céline la ramenait à la surface et annonçait, ce matin-là, triomphante :

— Léontine Printemps vous dit bonjour !

Laure riait. C'était hier.

Tout est prêt. J'ai graissé la Dyane, vidangé l'huile, vérifié le niveau de la batterie et la pression des trois Michelin et du Kléber. Sur la table : le double de la clef du cabinet de Sandout, une lampe de poche, une ampoule de rechange, un grand bocal à confiture avec couvercle. Des gants. Pour la dixième fois, je replace la clef de ma porte de cour dans sa serrure. Et la fais choir. J'ai acheté une longue pince à bout fin. Par prudence.

Le soir est tombé.

Dix-neuf heures vingt. Je compose le numéro de la pharmacie Sandout. Pas de décrochage. J'appelle le cabinet de Gérard Sandout, docteur vétérinaire « animaux de compagnie-chevaux ».

Personne.

Vingt heures. Antenne 2. Le Journal. Pour gagner trente minutes. Je suis nerveux. Un détail m'inquiète. Si les Sandout ont équipé leur demeure d'un antivol électronique, je n'aurai pas le temps de transvaser le sérum. Et si j'emporte le bocal de Nembutal, je signe mon acte. Sandout n'est pas un sot. Je vais agir. Tout de suite. Si j'attends plus longtemps, le dancing de la rue sera ouvert. En cas d'alerte tonitruante, je risque d'être repéré par le portier. Et peut-être même ceinturé. Tout s'effondrerait. Je serais pitoyable aux yeux de Laure.

Socrate s'est rendormi. Les poissons ne bougent plus.

Je vais laisser la maison éclairée et le téléviseur allumé.

Je sortirai la Dyane. Tous phares éteints. Jusqu'au virage.

Le miroir du hall. Mon image.

Je me sens tout à coup ridicule. C'est peut-être la peur.

13

Je suis là. À dix mètres de la pharmacie. Dans la Dyane. Moteur à l'arrêt. Phares éteints. Le pot à confiture entre les mains. Dans les poches de mon manteau, la pince à bout fin, la lampe de poche et la clef.

Je sors de l'auto.

La rue semble calme. Le dancing est déjà éclairé. Mais le parc à voitures est encore désert.

J'avance. Sans hâte. Le gravier. Une auto passe.

L'arrière-cour. La porte. Que je devine. Que je cherche à tâtons, en promenant mes gants sur le mur de briques. Que je trouve. La serrure. La clef.

Sandout a enlevé la sienne. Ma pince est inutile.

Pause. Je respire. Bruits de moteurs. De portières. De voix. Les premiers clients du dancing.

Un rire de fille. D'autres rires en écho. Le silence.

Je tourne la clef.

La porte s'ouvre. Sans grincer.

J'attends. À la moindre alerte, je fonce. Dans la direction de l'étagère. Lampe de poche en pleins feux. Je prends le Nembutal. Et je cours. Vers la Dyane.

Une idée. Ramper vite. Pour retarder au maximum une éventuelle alarme.

Je rampe.

Mes jambes s'encotonnent. Je serre les dents. Je m'attends à tout instant au déclenchement d'une sonnerie stridente.

Rien.

J'ai atteint le bas de l'étagère. Le gong d'une horloge marque neuf coups quelque part.

Je n'ai plus le choix. J'éclaire le bocal.

Je suis debout.

Pas un bruit. L'angoisse me quitte. Brutalement. Mon sang repart. Je recommence à ne plus entendre mon cœur. La lampe de poche. Calée. Entre deux dossiers du bureau. Son faisceau de lumière verte. Le bocal de Nembutal. Dans le vert. Mon pot à confiture. Sans couvercle.

Je dévisse celui du bocal. Une vague odeur de soufre.

Je transvase le sérum. Les trois quarts.

Les deux couvercles. Revissés.

Le bocal. Remis. Étiquette de profil. Comme au départ.

J'éteins la lampe.

Le silence, le froid. Pas même un chat qui s'encourt, comme dans les films. Le noir. Épais. Pesant. Et plus loin, le gravier blanc. Sous le lampadaire jaune de la rue.

Je respire la froideur.

Des portières claquent. D'autres voix. D'autres rires.

Le gravier.

Je sors de l'ombre. Sans hâte. Le pot de Nembutal sous mon manteau. La rue. Je marche, Ne pas courir.

Une auto ralentit. S'arrête plus loin. Déverse des ombres. Repart.

La Dyane. Moteur. Clignoteur.

La route.

Ma rue. La maison. Éclairée. France Gall chante : « Il jouait du piano debout... »

Socrate aboie. De joie.

Tout a été facile. Je devrais être content. Et je me sens peu fier. Sandout est un brave homme.

J'ai faim.

14

Samedi, huit heures. Après une nuit agitée, peuplée d'images floues, absurdes, fugaces. Sans griffe dans la mémoire.

J'ai téléphoné à Fernand. Sa femme a avoué, gênée :

— Il est encore au lit.

Elle a hésité, puis elle a ajouté :

— Un gendarme, ça n'a pas d'horaire.

J'ai demandé :

— Fernand, combien mesure-t-il ?

La femme a ri. Elle s'est exclamée :

— Et c'est pour me demander la taille de mon mari que vous m'appelez... à cette heure ?

J'ai insisté. Sans rire.

Alors elle a répondu, interloquée :

— Un mètre soixante-quinze.

Et elle a raccroché.

De temps en temps, je revisionne la scène du film. Sans le magnétoscope, elle ne serait sans doute plus qu'un souvenir au décor approximatif. Détail après détail, je reconstitue la scène. Souvent la nuit. Après m'être éveillé en sursaut, la gorge dans un étau. Avec au fond des yeux, Céline. Défigurée. Laide. Morte. Les orbites vides.

Le lit est prêt. Dans le garage. J'ai glissé une planche sous le matelas. Pour y attacher les sangles : une pour le cou, une par poignet, une seule pour les deux chevilles, une autre plus large à fixer au-dessus des genoux.

Sur une photo de presse du dossier d'Olivier, Fernand emmène Buvrinnes, menottes aux poings. Les deux hommes ont la même taille. Peut-être le borgne a-t-il les jambes un peu plus courtes ?

Demain, je clouerai les sangles.

J'ai retrouvé le carton à bière dans une poche. Et j'ai barré « sérum ». Après « seringue ». Il ne reste qu'un mot : « baxter ».

On sonne. Il fait soleil.

Le boulanger. Une odeur de pain tiède.

— Le froid, ça pique au nez... Mais un rayon, ça ragaillardit.

— En effet.

— Voilà !

— Combien ?

— Merci.

Il referme sa sacoche de cuir.

— C'est déjà un temps de Toussaint !

Il est parti.

Pain frais, beurre, café bouillant : plaisir simple d'un matin ordinaire. Laure me manque. J'ai parfois envie de démonter le lit du garage. De briser les seringues. De demander à Laure de rentrer. Et de vivre pour vivre. Un jour à la fois. Autre part. J'ai ouvert un pot de confiture.

... Et déjà, octobre redevient août. Il est dix-huit heures. Il ne manque que les guêpes. J'ai écarté le pot. Trop vite. Il a basculé de la table et il est tombé sur le pavement avec un bruit mat de fêlure.

Je ramasse les débris de verre. Socrate lèche la confiture. Je vais détacher la photo de Céline et refixer le cadre au-dessus du lit du garage. À hauteur de la sangle du cou.

Céline sourit. Mais ce matin, ses yeux me font mal parce qu'ils ne seront plus jamais que du carton de photographe.

Personne ne parle plus de l'Affaire. Buvrinnes soigne ses chevaux ; il va à la messe. Et ce soir, comme promis, il jouera au whist avec Edmond, Charles, Félicien et peut-être Alex. Seule, haute et blanche, au-dessus des champs morts, la croix demeure.

Il est vingt-deux heures cinquante-cinq au cadran lumineux de la montre de Céline. Le sentier des Fontaines n'est plus qu'une ombre. Dans l'après-midi, j'ai repéré un arbre. Mon arbre. Un saule penché. Qui rétrécit le passage entre les talus.

Le village n'est plus que rumeurs et lumières diffuses. Sous le gel. L'enseigne du « Café des Étangs » est un point rouge qui clignote, en contrebas, juste au-dessus des haies.

J'attends.

Une lueur encore floue. Lointaine. Presque indistincte. Un bruit assourdi. De moteur.

Je me blottis derrière le saule.

La lueur s'arrondit. Se perd. Ressurgit. Disparaît encore. Ressort. S'allonge. Le bruit sourd s'amplifie en pétarade. Il est vingt-trois heures six.

Un phare jaunâtre. Qui hoquette. Le moteur peine. Maintenant proche. Je me couche sur la terre froide.

La motocyclette est là. Elle serpente. Ralentit à l'étranglement du sentier. Juste à la hauteur du saule.

C'est lui. Massif. Encapuchonné.

L'engin rugit. Redémarre. Se perd.

Je marche dans le noir. L'œil de ma lampe affole les moineaux abrités dans les rares buissons de lauriers.

Je me sens léger. Sans fatigue. Concerné. Je ne subis plus. J'agis. Je me rends utile. Pour savoir. Enfin.

Le village. La grand-place. L'église. Ce n'est pas mon chemin. J'obéis. Comme à un appel des profondeurs.

La grille du cimetière est fermée.

Le portail. Le bénitier. Les saints de pierre. Le Christ en bois au-dessus de la chaire.

Des bougies.

Je traverse le chœur. Je ne profane pas. Je passe.

Le rideau fendu. La sacristie.

J'ouvre une fenêtre.

Je sors.

Une tombe. Une autre. Un caveau. La sente. Sous ma lampe.

J'avance parmi les croix, les feuilles mortes, les pierres plates. Les pots sans fleurs.

Dans neuf minutes, il sera minuit.

Un nouveau jour commencera à la Brèche-aux-Loups. Un dimanche de plus.

15

Il a fallu que je revoie Barbara. Elle a été surprise de m'apercevoir sur le palier de son appartement. Surtout un dimanche. On a déjeuné dans un restaurant de la ville. Puis elle a voulu que je revienne chez elle. Elle a dit : « Tu me dois bien cela après tout ! »

Et je suis resté. Sans plaisir vrai. Jusqu'au matin.

Ce lundi soir, j'accompagnerai Barbara à la clinique où elle travaille à temps partiel. Comme infirmière de garde. Au service des urgences. Je serai là en tant que journaliste. Pour un reportage que je n'écrirai jamais.

Je suis repassé par le « Café des Étangs ».

Edmond a paru embêté. Il a expliqué :

— Lazare est rejeté par le village. Ses enfants ont été forcés de changer d'école. Avant les événements, on jouait aux cartes le mercredi et le samedi... Alors, tout naturellement, Lazare est revenu...

J'ai bu mon café noir. En silence. Perché sur un tabouret. Un client est entré. Edmond l'a servi. Puis il a regagné le comptoir, préoccupé.

— Tu me connais, Jaujac. Tu sais que ce n'est pas par intérêt que je l'ai repris à la table. Avec lui ici, je vais perdre des clients, c'est sûr !

J'ai demandé, tout à coup :

— Tu le crois innocent ?

Edmond s'est lissé la barbe. Il a chipoté dans le tiroir de la caisse enregistreuse avant de répondre, sans passion :

— Ils l'ont relâché, alors ?

Le client du fond, un pêcheur, est intervenu :

— Lazare est doux comme tout avec ses chevaux. Et puis, c'est un bon chrétien...

Et il a vidé son cognac.

Niagara est entré. En civil. Avec sous un bras, un casque de motard tout neuf. Rutilant. Voyant. Comme sa motocyclette. Neuve, elle aussi.

Il s'est avancé, étonné de ma présence, en ce lieu, à cette heure. Mais il a simplement dit :

— Salut, Jaujac !

Il a commandé un calvados. Sans regarder Edmond. Il a serré la main du client du fond, a parlé de brochet et d'eau trop froide. Avant de revenir s'asseoir sur un tabouret voisin du mien. Le facteur a entamé son verre. Il s'est penché vers moi et il a bougonné :

— Il a osé s'acheter une Honda Camino 50 centimètres cubes. Et par-dessus le marché, une rouge... Alors, moi, en quelque sorte, je roule sur le même engin qu'un assassin !

Edmond a haussé les épaules. Et il s'est mis à nettoyer des tasses. Le client du fond a commandé un autre cognac.

Et j'en ai profité pour disparaître.

Socrate va mieux. Il promène le boudin de gaze. Les Sandout sont probablement rentrés. Je vais essayer de sommeiller. La nuit prochaine risque d'être longue. Pénible.

Et pourtant, il faut que je la vive. Pour Laure. Pour Céline. Pour savoir.

Dix-sept heures. Le téléphone. Ève. Pressée. Nerveuse.

— Je te sonne de Strasbourg. On est en pleine répétition. Quoi de neuf ?

Je dis que Laure me paraît être en meilleure santé, que Socrate ne se déplace encore que sur trois pattes, que Florence est à Quimper et qu'il fait déjà un temps de Toussaint !

— À propos, je ne joue pas durant le week-end de la Toussaint. Tu me vois déclamer Ionesco, le jour des Morts ?

Elle rit haut. Quelqu'un rit avec elle.

— ... Alors, devine avec qui je vais revenir à la Brèche-aux-Loups ?

Ève insiste, minaude, se réjouit. Mais déjà, mon cerveau est ailleurs. Si Laure revient à la première Toussaint de Céline, tout s'effondre. Il me faut agir avant.

Ève répète :

— Allô ? Allô, Philippe ?... Tu m'entends ?

Je repose l'écouteur.

Agir. Ne plus rien laisser au hasard. Le lit est prêt. Je possède une corde de bûcheron, longue, souple. Solide. Il me faut un marteau de caoutchouc. Je l'achèterai demain, en ville. Il me reste deux seringues propres. Le sérum de Sandout est en sûreté.

J'agirai mercredi soir. Le 29.

Encore quarante-huit heures. Et je saurai.

Dix-huit heures cinquante. Le « Parking Visiteurs » de la clinique.

Un vent froid balaie les aires.

J'attends Barbara.

Sa voiture. Un coup d'avertisseur. Un signe. Elle dépasse le « Parking Médecins » et se range dans le « Parking Personnel ». Je sors. Avec un magnétophone dans un sac trop grand.

Barbara m'embrasse, contente.

— Tu as l'air tendu ? As-tu peur ?

Je souris. Elle insiste :

— Tu tiendras le coup ?... De 19 heures à 7 heures ?

Elle semble sceptique.

Je parle d'autre chose. De l'autorisation.

— Tout est en ordre. Pour les cas médicaux, pas de problème. Pour les chirurgicaux, bernique !... Enfin, on verra...

Le hall. L'ascenseur. Au – 1.

Un couloir. Large. Calme. Accessible. Une fenêtre. Et derrière, une cour très éclairée. Un panneau « Urgences ». Et une rampe pour les ambulances.

Je note., Je fais semblant.

— Tu viens ?

J'accompagne Barbara. Je croise d'autres filles en blanc. Un homme en blanc, lui aussi. Absorbé. Il me frôle sans me voir. La salle de garde. Une odeur de café. Un réchaud. Une cafetière. Un bureau. Deux armoires. Un négatoscope semblable à celui de Sandout.

— Comme tu vois, on est des femmes ordonnées.

Barbara ouvre la première armoire. Des classeurs. Des dossiers.

— L'autre, c'est la plus importante. On a tout rangé par ordre alphabétique. Les comprimés à gauche, les ampoules à droite. Voilà, tu sais tout !

Elle me tend un tablier blanc.

Des infirmières entrent. Bises. Des « comment vas-tu ? Et toi ? »

— Philippe Jaujac.

Des « bonjour » et des « enchantée ».

L'une d'elles ressort, s'arrête, me lorgne.

— Jaujac ? Jaujac ?... C'est un nom qui me dit quelque chose !

Et elle s'en va stipendiant sa mauvaise mémoire.

— Et ce tableau ?

— Ce sont les sonneries des malades de la garde hospitalière.

Un évier. Un réfrigérateur. Et sur des étagères, des baxters. Je m'y intéresse.

— Tu vois, il y a un pot. Il contient du sérum physiologique.

Barbara remarque mon ignorance.

— C'est tout simplement de l'eau et du sel. Ou si tu veux : 9 grammes de chlorure de sodium par litre. Du neuf pour mille, quoi !

Elle me montre une trousse à perfusion.

— Tu entasses le stylet compte-gouttes dans le trou du pot. Et tu règles le goutte-à-goutte en actionnant la roulette... Mais avant ça, tu piques une veine puis tu retires lentement l'aiguille tout en poussant le cathéter dans la veine...

— Le cathéter ?

— C'est cette sorte de fin tuyau de plastique qui a contenu l'aiguille... Il fait partie de la trousse qui relie le baxter de sérum au malade...

Barbara replace la trousse sur l'étagère.

— Tu verras tout cela tantôt... Et en direct ! Rares sont les nuits calmes...

Elle se verse un café.

— Une tasse ?

Nous buvons. Les filles entrent et sortent. Au fur et à mesure que le tableau lumineux clignote.

Barbara s'en va, elle aussi. Je m'attarde à observer le baxter. Je le soupèse. Je déroule la trousse. L'appareil m'apparaît familier. Je connais la scène du magnétoscope, détail par détail.

Une fille en blanc rentre, s'assied. Pousse un soupir.

— Un café ?

— Volontiers.

Je le lui sers.

— Ainsi, vous êtes journaliste ?

J'acquiesce.

— Beau métier, non ?

— Un sucre ?

Elle le refuse.

Je risque, négligemment :

— Vous avez vu à la télévision le film où il était question de Penthotal ?

La fille lève le nez de sa tasse et me fait une moue désabusée.

— Vous savez, moi, la télé, je m'en moque. Je suis une mordue de cinéma.

J'insiste.

— À un certain moment, il y a un baxter placé et un homme introduit l'aiguille quelque part dans la trousse...

L'infirmière est debout. Elle empoigne un baxter et sa trousse, me montre un tuyau jaunâtre, caoutchouté situé juste avant le plastique du cathéter.

— C'est par là que votre bonhomme injectait son Penthotal. Il s'agit d'une sorte de caoutchouc antifuite...

Une lampe orange s'allume sur le tableau. La fille s'étire.

— Le 18... Encore lui !

Elle ajuste le bandeau qu'elle porte dans ses cheveux.

— C'est le rouspéteur de service. Il se prend pour un baron. Le lit de Monsieur est mal refait ; la nourriture est commune et malsaine, indigne de son palais... Quant au personnel, il est d'une indélicatesse permanente...

Elle mime, pirouette et disparaît dans le couloir.

Barbara rentre. Puis bientôt d'autres infirmières.

Des bruits de couloir. En écho. Des voix. Une sorte de rugissement. Des cris. Des pas. Deux auxiliaires courent. L'un d'eux s'arrête, annonce :

— C'est le premier bitu de la soirée !

Tout le monde est dehors.

Des policiers. Et un homme. Grand. Sale. Dépoitraillé. La figure en sang. Il éructe, invective. Se débat. Malgré les menottes. Les auxiliaires s'emparent de l'énergumène et le plaquent par terre. Barbara me dépasse, une seringue pleine à la main. Elle me souffle, rieuse :

— Le lion va bientôt faire gentiment dodo...

Elle s'approche de l'agité qui l'insulte. Elle lui pique une cuisse. À travers l'étoffe du pantalon.

L'homme se débat moins. Il crie :

— Laissez-moi tranquille, bande de porcs !

Les policiers s'épongent le visage. Ils rajustent leur uniforme. Les auxiliaires attendent. Ils ne se parlent pas. Leur immobilité est coutumière. Ils savent que l'ivrogne va se relâcher. Ils patientent. Et l'ivrogne se relâche, bafouille. S'endort. Ronfle. On l'emporte. Ailleurs.

Une infirmière m'explique, sérieuse :

— On va lui vider les poches, lui enlever ses lunettes, sa monnaie, son portefeuille, son canif, que sais-je ?... Au matin, on lui rendra le tout et il repartira, calmé... Pour combien de temps ?

Un téléphone bruit quelque part.

Une voix annonce :

— Vite !... Un infarctus... L'ambulance est en route. À la salle de réa, vite !

Et ça repart. Je demeure seul, abasourdi. Barbara m'embrasse une joue.

— Prépare ton marqueur et ton carnet... Tu vas la voir, ton intraveineuse...

Et elle court, derrière les autres.

La sirène de l'ambulance. D'abord lointaine. Puis plus proche. Et soudain, le silence. Bruit de moteur. De portières. Deux hommes. Une civière. Et sur la civière, un homme. Pâle. Yeux clos. On le déshabille. En hâte. Quelqu'un me dit :

— S'il reste en anoxie, il est cuit !

L'homme est maintenant étendu en déclivité sur un lit à roulettes. On lui étend de la vaseline sur la poitrine. On plaque deux électrodes sur la vaseline.

Des lignes circulent sur un écran lumineux.

Une voix d'homme :

— Le tracé sinusal est bon.

Barbara me souffle :

— Le cœur bat encore.

Mais presque tout de suite, la ligne se rompt sur le spot de lumière, repart, s'agite. En un rythme asynchrone.

Une autre voix :

— Aïe ! Il se met en tachycardie ventriculaire. Vite...

Barbara me rejoint.

— Zieute !

Un baxter est placé, pot suspendu, trousse déroulée.

Une infirmière pose un garrot sur le bras

gauche de l'inconnu. Une autre masse légèrement le pli du coude. Barbara me glisse à l'oreille :

— Elle cherche une veine... Il y en a deux au pli du coude : la céphalique et la basilique... Note, tu vas tout oublier !

Je note. Mais mes yeux sont autre part.

L'infirmière enfonce l'aiguille du cathéter dans la veine gonflée. En partant de l'avant-bras vers le bras.

Je note.

Du sang apparaît dans la seringue.

Barbara me murmure :

— Elle a trouvé une veine...

Déjà, l'infirmière retire lentement l'aiguille et pousse le fin tuyau creux de plastique dans la veine. Une autre embranche le baxter. Actionne la roulette. Retire le garrot. Et le goutte-à-goutte commence.

Je note. Je quitte la salle de réanimation. J'ai vu ce que je voulais voir. Et que j'avais moins bien observé dans le film.

— Ça va ?

Barbara est là, souriante. Parfois si vulnérable, si superficielle et, cette nuit, si forte, si calme. Elle m'entraîne vers la salle de garde. Elle referme l'armoire aux médicaments restée entrouverte.

— Dur, hein ? Et c'est pas tout !

Il est vingt heures cinquante-cinq. Elle sort une bière sans alcool du réfrigérateur. Décapsule la bouteille. Sur le bureau, quatre ampoules vides. Et une lime.

— C'est quoi ?

Barbara rit. Elle boit, s'essuie les lèvres.

— C'est le cocktail servi à l'hercule... Deux

ampoules de Valium de 10 mg, une de Dominal 80 et une de Largactyl, tu agites le tout dans une seringue et tu sers par voie intramusculaire... Du gâteau !

Barbara s'installe au bureau et déclare, dans un soupir :

— Et à présent, les rapports...

Je rebranche la cafetière. Des infirmières réapparaissent. On lave les tasses. On ressert du café que chacune boit dans le silence. Je consulte mes notes.

Le 12 s'allume. Puis le 16.

Le va-et-vient recommence.

— Il va s'en tirer ?

Barbara lève la tête et dit, pensive :

— Peut-être.

Une voix jeune :

— Galluc n'a pas pu lui faire une perfusion sous-clavière.

Personne ne lui répond.

Nouveau brouhaha.

— Déjà ?

— Vous êtes gâté !

Une tête apparaît dans l'encadrement de la porte.

Une bouche articule :

— Accident de moto à la sortie d'un cinoche. Une môme de dix-huit ans !... Fracture ouverte de la jambe droite.

La tête a disparu. Barbara bâille. Et suit les autres. Et de nouveau, le hululement d'une ambulance. Qui grandit. S'éteint brusquement.

Je suis seul dans la salle de garde. C'est le moment. Espéré. Attendu. Depuis dix-neuf heures.

J'ouvre l'armoire aux médicaments.

Agir. Sans trembler. Parce qu'il le faut.

Je parcours les étiquettes. D... Dominal... Je glisse une ampoule de 80 dans mon sac... L... Largactyl... Une ampoule... V... Valium... Deux ampoules de 10 mg.

Coup d'œil dans le couloir. Bruits de portières.

Barbara est invisible.

Je fourre un baxter dans mon sac. Et une trousse de perfusion. Je vérifie l'embout, le cathéter. L'aiguille est dans sa gaine de plastique.

Je marche dans le couloir, le magnétophone sous le bras. Le sac à l'épaule. Sans tablier blanc.

Une civière sur roues apparaît au bout du couloir. Les brancardiers. Des gens en blanc.

Je m'en écarte.

La blessée passe. Le temps d'un regard. Du sang lui sort des oreilles.

Barbara apparaît, surgie je ne sais d'où.

— Fracture du crâne... en plus de la jambe, c'est du sérieux ! ... Tu t'en vas ?

Un signe de tête. Elle a disparu dans la salle de réanimation. À moins que ce ne soit dans le bloc opératoire.

Je sors. Par la cour. Je respire. À fond. Et l'air glacé m'étourdit, puis me rassérène. Je contourne le bâtiment, traverse un parterre.

Je me hâte.

Le « Parking Médecins ». Le « Parking Personnel ». Je griffonne un « merci » sur un papier que je glisse sous l'essuie-glace de l'auto de Barbara.

Il est vingt et une heures cinq. Ma montre s'est arrêtée.

À l'image du temps passé entre des murs. Parmi des morts possibles.

La Dyane. Livide sous les lampadaires jaunes. vent. Moteur. Phares.

Je roule. Content. Soulagé. Exténué. Avec de temps à autre, en filigrane, une angoisse sourde. Qui m'assaille la gorge et me brûle.

Ma rue. La cour. La porte. Socrate qui jappe. Je dépose le sac sur le divan. Avec précaution.

Sur la table, le carton à bière. Posé là avant mon départ. Sans trop savoir pourquoi. Et que je déchire. Après en avoir barré le troisième mot. J'agirai mercredi soir.

16

Mardi 28 octobre. Je guette l'arrivée de Niagara. Depuis une heure. Pour ne pas le manquer.

Je le vois. Il pose sa Honda Camino contre le mur de l'avant-cour. Il entre. S'assied. Comme les autres jours. Je sers le calva. Il le boit. Comme d'habitude. J'en ressers un autre.

Je dis :

— Il y a un pépin à la mobylette de Céline. Plus moyen de la faire démarrer !

Niagara se lève. Comme prévu. Il enlève son manteau et son képi.

— Elle est où ?

— Dans la buanderie.

— On va voir ça.

Il me suit. S'affaire. Réclame une clef à bougies. Comme prévu. Je l'ai dans une poche. Mais je dis :

— Je vais la chercher.

Je sors de la buanderie. Je referme la porte derrière moi.

Je traverse la maison. En hâte.

Je suis dehors. Près de la Honda rouge. Je sors d'une poche le mètre ruban de Céline. Et je mesure. Ce que je veux connaître. En centimètres.

Entre le guidon et le pneu au sol : 103. Entre le bas du phare et le dessus du garde-boue : 16. Entre le bas du phare et le sol : 74.

Je rentre. Je retraverse la maison. Pressé. Détendu.

La buanderie. Je tends la clef.

Niagara dévisse la bougie désormais sans importance.

— Oh la ! Elle est grillée, la bougie.

J'ouvre une armoire. J'en retire une bougie neuve. Comme prévu. Je la remets au facteur. Il la visse. Et la mobylette revit.

— Et voilà !

Je remercie Niagara. Il dit : « C'est peu de chose ». Il avale le second calva. Remet son képi, son manteau.

— Les chrysanthèmes sont chers, cette année. Pourvu qu'il ne gèle pas avant samedi !

Il est reparti.

Il me reste à transférer le portemanteau du hall dans le garage. Près de la tête du lit. Puis d'y suspendre le baxter. Je n'ai plus besoin de marteau en caoutchouc. Une seringue et quatre ampoules feront l'affaire.

Florence rentre demain. Et ça me rassure.

Encore quarante heures d'attente. Et au bout, la vérité.

Bécassine est sur le lit. Elle m'aide à vérifier les sangles. J'en rajoute une au niveau du thorax. Par prudence.

Je vérifie la trousse, le cathéter, la roulette. L'attache du pot. L'embout. Je découpe une chambre à air de bicyclette. Je dispose ainsi de trois garrots. Celui qui servira. Et deux autres, plus longs. En cas d'imprévu.

Seize heures trente. J'entre dans la pharmacie Sandout. Madame me reconnaît. Elle sourit, s'informe de l'état de santé de Socrate.

— Et la Bretagne en octobre ?

Elle s'accoude au comptoir, rêveuse. Se passionne soudain, me vante Cancale, sa beauté sauvage, la gastronomie de l'hôtel du Phare.

— Son homard à l'armoricaine : somptueux !

Elle s'extasie, un bref instant. Regrette la brièveté obligée du séjour.

— Vous désirez ?

— Du sparadrap.

— En rouleau ?

— En rouleau.

Je paie. Je sors. Rassuré.

Je rentre. Par le sentier des Fontaines. Que je gravis. Jusqu'à l'étranglement. Je manœuvre pour garer la Dyane dans un chemin de prairie. A flanc de talus.

Je redescends le sentier. Le calvaire. Et plus loin, le café d'Edmond.

Un brouillard d'hiver masque les étangs qui se couvrent déjà de nuit.

Dix-huit heures trente. Je rebranche le magnétoscope. Je repasse la scène. Elle me paraît à présent artificielle, irréaliste. L'homme étendu sur le lit n'est plus Buvrinnes. Il est redevenu comédien. Peut-être parce que j'ai mon lit, mes sangles, mon baxter, mes seringues. Mon sérum.

Je vais relire le dossier d'Olivier.

Vingt heures. Le J.T., les mêmes têtes pour les mêmes drames. Et à la une, des faits divers, un grand-père de Perpignan. Qu'on emporte sur un brancard du SAMU. Sous les ovations d'une foule nerveuse. Le vieil homme a tenté d'abattre le meurtrier de son petit-fils. En plein procès d'Assises. Le présentateur parle « d'incident navrant ». Puis il devient soudain lyrique. Sur l'écran, vingt-deux hommes en culotte courte se disputent un ballon. Et sans doute, le grand-père est-il déjà oublié ?

Je pousse le bouton, troublé. Anxieux. Comme à l'annonce d'un danger imminent. Socrate ronfle. Et sa quiétude me soulage. Je vais avaler un comprimé. Moins de trente heures à perdre. Cette nuit, il faut que je dorme. Sans rêve.

17

Il est là. Dans la fumée. Assis devant un tapis vert. Entre la fenêtre de la cour et le comptoir où Edmond lave les verres. Des clients me masquent son visage. Mais je vois ses mains. Qui caressent les cartes à jouer, les assemblent, les lancent, une à une, sur le tapis. Des rires. Des éclats de voix.

Le juke-box.

La Honda rouge est dans la cour. C'est une Camino. Niagara ne s'est pas trompé.

Bientôt dix-neuf heures. Il me reste moins de deux cent quarante minutes.

J'ai enlevé le siège arrière de la Dyane. Et installé sur la tôle une couverture et des coussins. Plus la corde. Et une hache.

Quand l'angoisse m'étreint, je pense à Laure.

J'ai placé une aiguille sur une seringue.

Je scie le bec de la première ampoule de Valium. J'enfonce l'aiguille dans le liquide. Que la seringue aspire. Je scie trois autres becs. Quatre ampoules sont vides sur la table. La seringue est presque pleine. Un jet. Je replace la gaine de protection sur l'aiguille.

Je suis prêt. Il est vingt-deux heures. Dans soixante minutes, l'autre sortira du « Café des Étangs ». S'il retraverse le village, tout sera à refaire. Et samedi, c'est la Toussaint. Pour Laure, il sera trop tard.

La Dyane est garée à contre-talus. Non loin du saule.

J'amarre la corde. À la base de l'arbre. Je plante la hache dans le tronc.

J'ai mesuré soixante-quatorze centimètres. À partir du sol. Et marqué le niveau. Avec une cordelette. Serrée juste au-dessus du genou droit.

Je dispose d'une marge de seize centimètres d'erreur, soit la distance entre le phare et le garde-boue de la Honda. Je ne tremble pas. Je ne pense plus. J'obéis. À un autre moi-même.

Vingt-deux heures vingt-cinq. Le silence. Et parfois, en bas, l'une ou l'autre rumeur. Le dernier train.

Je tâte la seringue au Valium. Enfouie dans mes cheveux. Sous le passe-montagne de laine.

Je tends la corde. M'y arc-boute. Elle résiste. Je recommence. Pour passer le temps. Pour atténuer la froidure.

Je m'habitue au toucher du chanvre. Il me faut agir, les mains nues.

La lueur floue. Le bruit assourdi d'un moteur.

Tout commence comme l'autre nuit.

Ce ne peut qu'être lui. Et pourtant, il n'est pas vingt-trois heures.

Comme l'autre nuit, la lueur s'arrondit ; le bruit sourd se change en pétarade. Encore lointaine.

La corde est chaude entre mes doigts.

C'est lui. Le phare danse. Le moteur peine. Comme l'autre nuit. Je m'accroupis. Face au saule.

Plus rien n'existe. Je me sens fort.

Il approche.

Il ralentit.

L'étranglement du sentier. La Honda rugit.

J'ai tiré. La corde s'est tendue. Brutalement. Sous le phare. Il y a eu un choc. Un bruit de culbute. Dans une gerbe de lumière. La motocyclette a vrombi. Puis s'est tue, l'œil jaune immobile.

J'ai encordé Buvrinnes. Qui jure. Vocifère. Menace.

Je le maintiens. Face contre terre.

Il se tait. Je dégage une main.

Le passe-montagne. La seringue.

Je frotte le protège-aiguille sur l'anorak de Buvrinnes.

J'ai piqué. À l'aveuglette. Dans une fesse.

Buvrinnes tente de desserrer l'étreinte. Je résiste.

La seringue est vide. Je la jette près du phare.

Je tiens le borgne. Laure serait contente.

Il se relâche. Faiblit. J'ajuste la corde.

J'attends.

Je le lâche. Libère le pied du saule. D'un coup de hache. Buvrinnes est à genoux. Ligoté. Encordé. Il vacille, hébété.

Je le pousse vers la Dyane.

Il ne se défend plus. Il balbutie des mots que je n'écoute pas.

Il s'écroule sur la couverture. Se recroqueville. S'assoupit.

Je patiente. Récupère la hache.

Il ne bouge plus. Il dort.

J'éteins le plafonnier.

Le noir. Le silence. L'œil jaune.

Je relève la Honda. Je la pousse dans une prairie. À bout de talus. Œil clos.

La Dyane. Le borgne ronfle.

Contact. Moteur. Les phares.

Je suis percé de sueur.

Les méandres du sentier des Fontaines. Le calvaire. Le « Café des Étangs ». Ses vitres embuées. Ses ombres. Son enseigne criarde. La route.

Ma rue. L'avant-cour. L'allée. L'arrière-cour. Le garage. Tout a été facile. Tout s'est déroulé comme prévu.

Il est vingt-trois heures quarante-cinq à la montre de Céline.

J'ai oublié la seringue.

18

Il est étendu sur le lit. Sanglé. Depuis près d'une heure. Il dort. Il ne ronfle plus.

Par moments, son corps tressaille. Comme agité par un mauvais rêve. Une paupière s'entrouvre. À demi. Elle retombe, pesante. Je rajuste la photo de Céline.

Zéro heure quarante-trois.

Tout est prêt. Même l'enregistreur à cassettes. Pourvu de piles neuves. Le stylet compte-gouttes est planté dans le trou du pot de sérum physiologique. J'ai réglé le piège à bulles. Tantôt, le sang a jailli dans la seringue. Au deuxième essai. J'ai retiré l'aiguille. Poussé le cathéter dans la veine. Relié la trousse. En tournant l'embout. Collé le sparadrap. Retiré le garrot. Et depuis, le baxter goutte. Régulier. Obsédant.

Zéro heure quarante-six.

Le bocal de Nembutal. J'aspire le sérum. Avec ma dernière seringue. Un jet.

J'attends.

Le passe-montagne me tient la tête chaude. Mais mes doigts sont froids. Mon cœur toque.

Zéro heure quarante-neuf.

Des mains. Les mains de Buvrinnes. Et au plafond, le visage de Céline. D'une Céline de papier. Sous une vitre. Dans un cadre de bois.

Mains sales. Paumes en l'air. Rudes. Basanées. Et des ongles. Longs. Sales, eux aussi.

Zéro heure cinquante-trois.

Il a bougé. Il bouge. Ses lèvres s'écartent, pâteuses. Il n'en sort aucun son.

Il ouvre son œil. Le referme. Le rouvre.

Mon cœur s'affole.

Il m'a vu. Ou du moins il a aperçu le passe-montagne. Et, dans la lucarne de laine, mes yeux.

Le borgne tremble. S'agite. Il vient de fixer Céline.

Son œil s'agrandit. De stupeur.

La bouche balbutie :

— Non... Non.

Les sangles se tendent.

Le corps retombe. Paupières closes.

Le silence. Je m'entends vivre.

Zéro heure cinquante-six.

Il a rouvert son œil. À demi. Il fixe de nouveau Céline. Me revoit.

Les sangles se retendent. Résistent.

S'immobilisent.

Je pique la seringue de Nembutal dans le tuyau de caoutchouc jaunâtre.

Le borgne ne voit que mes yeux. Dans le passe-montagne. Il tremble. Il ne comprend pas. Pas encore.

— Qu'est-ce que... que vous me faites ?

J'injecte. Le sérum.

Un millilitre.

Je touche le cadre. L'autre jure. Se tend. Retombe.

Céline se balance. Au-dessus du lit. Au-dessus de l'autre.

— Non...

La bouche est laide.

J'injecte.

Un demi millilitre. Puis un autre.

— Tu la connais, Buvrinnes.

J'affirme.

Les sangles s'agitent.

J'injecte.
— Elle s'appelle Céline.
Je crie :
— Céline.
L'autre bredouille :
— Ou...i.
Les sangles sont immobiles. Le borgne halète.
— On l'a tuée, Buvrinnes... Avec un couteau !
Je répète :
— Avec un couteau.
Il a refermé son œil.
Je crie :
— Avec ton couteau, Buvrinnes !
Il balbutie :
— ...Cou...teau.
J'injecte.
— Tu l'as tuée, Buvrinnes. Avec ton couteau.
Il répète, hébété :
— ...Cou...teau.
J'injecte. Je crie :
— Réponds.
La bouche se ferme. S'écarte. Hésite.
— J'ai... J'ai...
Je beugle :
— Avoue.
Savoir. Savoir. Pour Laure.
J'injecte.

Silence.

Secousses. Rictus. Secousses. Qui durent.
La bouche se tord.
Mes cris. Répétés. Je ne sais plus que dire.
— Réponds... Avoue...

Le borgne respire trop vite.
Je hurle :
— Buvrinnes... Buvrinnes...
Il ne m'entend plus.
Je retire la seringue.

Il ne respire plus.
Je le secoue. Le corps est flasque. L'œil mi-clos.
Ma lampe de poche. Son faisceau. Sur l'œil.
La paupière ne se meut plus. La pupille est fixe.

Je cours. Vers la buanderie. Décroche un miroir.
Le miroir. Devant la bouche. Le nez.
Rien.
La poitrine. La peau. Le cœur sous la sangle.
Rien.
Les poignets. Le pouls.
Rien.
Mes cris :
— Lazare... Lazare...
Plus rien.

Le visage est gris bleuté. Comme le cou. Comme les mains. Des larmes suintent de la paupière morte. Morte.
J'ai perdu.

19

Jeudi 30 octobre.

J'ai appelé Laure. Avant le lever du jour.

La téléphoniste de nuit des « Charmilles » a d'abord été furieuse. J'ai insisté. Parlé de vie ou de mort. En pure perte. Puis d'Ève et de Patrick. Surtout de Patrick. Et la préposée a finalement consenti à avertir la chambre 7.

Des craquements. Un bip. Une voix.

— Allô ? Philippe ?... Que se passe-t-il ? Dis quelque chose !

— J'ai tué Buvrinnes.

Ma femme a marqué un silence. Puis elle a dit, comme à elle-même, et d'une voix ferme :

— Je rentre.

Et elle a raccroché.

À cette heure, Hurlebise a donné l'alerte. Quelqu'un a dû découvrir la mobylette du borgne. Renversée. Ma seringue. Oubliée. Quelques-uns sont venus. Puis d'autres. En uniforme.

Sans doute ont-ils déjà repéré des empreintes de pneus. De trois Michelin. Et d'un Kléber. Ils vont interroger le garagiste. Identifier la Dyane. Ma Dyane.

... Ils n'auront pas besoin des chiens.

Tout va recommencer à la Brèche-aux-Loups. Parquet. Substitut. Juge. P.J. Gendarmes. Badauds. Et surtout les flashes, les caméras, les micros. Puis les titres des kiosques à journaux. Gras. Provocants.

... Ils ne vont plus tarder. La piste est facile. Ils trouveront celui qu'ils recherchent. Dans le garage. Sur le lit. Sous les sangles. Dans l'urine.

Ce soir, demain peut-être, quelqu'un quelque part découpera Buvrinnes. Il le scalpera, lui décalottera le crâne. Pour mettre à nu le cerveau, les lobes. Puis l'homme aux mains caoutchoutées sondera les muscles. Et en priorité, ceux du bras gauche. Il disséquera le pli du coude. À cause du cathéter. Il prélèvera des viscères. Aux seules fins d'analyse.

Buvrinnes, comme Céline, finira dans un sac. De même marque. De même morgue.

Ma raison se plombe. Muette est ma douleur. Et le temps suspendu, désormais sans importance.

J'ai replacé la photo de Céline au-dessus du piano.

Je suis assis sur une chaise. Face à la porte d'entrée. Valise bouclée. Entre le seuil et moi, une mobylette rouge. J'ai décroché le téléphone. Enlevé la pile de la sonnette d'entrée. Pour la dernière fois.

Les poissons ont leurs puces séchées. Socrate aura Florence. En attendant Laure. Au printemps, Léontine sortira de sa mort provisoire.

... Ils vont arriver. En civil.

Ce ne sera pas l'été. Ni un dimanche.

Il y aura peut-être un petit. Et un plus grand. Avec une cicatrice bleuâtre sous un œil. Et un front moite.

Ils ne diront pas : « Nous venons pour votre fille. » Et Laure ne deviendra pas blanche et raide.

Il restera le chien, sa patte boudinée. Il montrera les dents. Et je le ferai taire.

Je ne mentirai pas. Ils me croiront peut-être.

Des gens me comprendront : les parents d'Ursula, le grand-père de Perpignan. Celles et ceux qui pleurent un enfant assassiné autre part. Ou qui le pleureront demain, les ongles au fond des paumes.

Je ne voulais pas la peau de l'autre. Seulement sa vérité.

Parce qu'il avait menti. Au moment de l'aveu. Ou après.

Et que le bénéfice du doute profite trop souvent au mensonge.

Parce qu'il n'y eut qu'une seule piste. À ce jour.

Et une certitude : la condamnation de ma fille. À perpétuité.

Ils sont dans l'avant-cour.

Je refuserai les menottes.

Ils me mettront trois jours au secret. Puis quelqu'un ouvrira ma cellule et m'annoncera qu'une femme m'attend au parloir. Je ne baisserai pas les yeux.

Il nous faudra sans doute une longue patience.

Nous ne connaîtrons plus le bonheur d'avant les confitures.

Mais il nous restera la possibilité d'être moins malheureux après les chrysanthèmes.

Laure ne saura jamais que les morts pleurent.

LE PLUS BEL ÂGE DE LA VIE
par Bernard Barokas

Après une interruption de plus d'une année, Philippe, le narrateur des « Tilleuls verts de la promenade », reprend la rédaction de son journal intime.

ANNE ICI, SÉLIMA LÀ-BAS
par Marie Féraud

Née en France de parents algériens, Sélima est à la recherche de son identité. À l'école, elle se fait appeler Anne, pour ne pas être différente. Puis vient le temps du remords et le retour aux sources, dans son pays.

LE GARÇON DU BORD DE L'EAU
par M.-A. Baudouy

La première fois que Pierre rencontre Jean-Louis au bord de la rivière, il décide d'en faire le personnage d'un roman.

LA QUÊTE AUX COQUELICOTS
par Hélène Montardre

Le train s'arrête en rase campagne. Simon descend pour se dégourdir les jambes et... le train repart sans lui. C'est cet incident stupide et cocasse qui permet à Simon de découvrir le Causse.

UN ÉTÉ POUR MOURIR
par Loïs' Lowry

Le récit simple et bouleversant d'une année au cours de laquelle une adolescente va assister à la maladie puis à la mort de sa sœur de 15 ans.

LA MARMITE DES CANNIBALES
par Jacqueline Cervon

Revenue d'un long périple africain, Frédérique se met à dépouiller ses bobines de film. Il lui faut trouver — et vite — un sujet pour le concours de la télé.

Achevé d'imprimer le 28 février 1983
sur les presses de l'imprimerie Duculot à Gembloux